目錄

CONTENT

第一章　中二小少爺

高鐵在匯澤南站停靠十分鐘。

陸星延摘下降噪耳機，前座男人的鼾聲和上車旅客的行李箱軲轆聲立馬清晰了好幾分貝。

他癱在座椅裡靜默三秒，又往前坐直了些，耳機扔桌上，邊擰礦泉水瓶邊問：「還要多久？」

「到匯澤了，差不多還有一個小時吧。」

許承洲握著手機，正在遊戲裡廝殺。

陳竹剛好過來拿零食，從許承洲的書包裡翻出一袋豬肉乾，她遞了遞，「你們要不要吃？」

許承洲往旁邊躲，「大小姐，我打遊戲呢妳別戳我！」

陸星延沒出聲，只是推推包裝袋，高冷男神的模樣裝得十分到位。

陳竹無語，翻了個白眼，咬著豬肉乾往另一節車廂走。

不是年節假日，高鐵還算安靜，新上車的旅客放好行李，箱輪軲轆聲消失，前座男人大概轉醒了，鼾聲也一起消失了。

陸星延喝完水，又躺回座椅闔眼假寐。

他昨晚沒睡好，睏得很，可這少爺病犯起來不分時間、地點、場合，任憑他怎麼睏，坐在車上就是睡不著。

眼睛休息的時候，聽覺好像會變得敏銳。

他能聽到許承洲壓低聲音碎碎念，能聽到車門關閉，還能聽到靜音輪與地面摩擦發出輕微聲響，由遠及近。

沈星若第一次坐高鐵出遠門，到了才知道匯澤南站不支援刷身分證入站，回頭排隊取票耗費不少時間，好在壓線趕上了車。

二號車廂，7Ａ，靠窗。

沈星若再次對著票確認。

沒錯，是她的位子。

可她的位子上，已經坐了個中年男人。

沈星若：「您好。」

男人沒動，眼皮也沒掀，啤酒肚挺挺的，靠在椅背上，嘴巴微張，鼻毛從鼻孔裡冒出一截，腦袋上的頭髮一綹一綹，油光發亮。

「叔叔，這是我的座位，您是不是坐錯了？」

沈星若的聲音有些涼，像含了冰片。

陸星延睜眼，不過片刻後，又繼續闔眼休息，只屈腿往前踹了一腳。

啤酒肚沒有防備，被踹得腦袋一歪。

旁邊白領打扮的女人已經忍他很久了，見他腦袋倒過來，連忙側身躲開，又捲起雜誌碰了碰他，「先生，你醒醒。」

這麼大動靜，睡是裝不下去了。

啤酒肚抹了把臉，作出一副剛睡醒的模樣，扭頭往後看了一眼，見陸星延靠在椅背上睡覺，心下正納悶。

回頭見沈星若站在走道上，一副乖乖學生的樣子，他不耐煩，「那邊不是還有座位嗎，沒人妳坐下不就行了，小姑娘怎麼這麼不曉得變通。」

「二號車廂7A是我的座位，叔叔，我們可以對一下票。」

「妳這小姑娘怎麼回事……」

啤酒肚略感意外，指著她就想好好說道說道，沒想到乘務員恰巧聞聲過來。

沈星若和乘務員簡單解釋了幾句，又主動提出驗票。

檢查完，乘務員望向啤酒肚，「先生，麻煩您也出示一下車票和身分證好嗎？」

這乘務員看上去才二十出頭，一副沒什麼社會經驗的樣子，啤酒肚不把她放在眼裡，隨口敷衍，「手機買的。」

「那您把手機訂單給我看一下。」

「手機沒電了。」

「那身分證呢？」

「不見了啊。」

兩人你一言我一語，許承洲聽得心煩意亂，手中一局順風局打到最後輸了，他扔開手機，仰頭後靠。

沒過幾秒，他忽然拿手肘頂陸星延。

「怎麼？」陸星延皺眉，半睜開眼，嗓子像睡啞了似的，語氣有些不耐煩。

許承洲湊近壓低聲音，目光卻未移動分毫，「你看那個女生，是不是特別漂亮、特別有氣質？」

陸星延抬眼。

早春二月，乍暖還寒，女生穿了件米色落肩高領毛衣，長髮低低綁成一束，背脊很薄，黑色書包有些重量，壓得她的肩往下沉，整個人顯得十分瘦削。

從他的角度只能看到女生半張側臉，輪廓還挺精緻。

沒等他做出評價，許承洲又躍躍欲試道：「欸，我們要不要幫幫她，錄影片什麼的。」

陸星延收回目光，不甚在意地哂了聲，「見義勇為啊。」

許承洲拋了個「你懂」的眼神，還想再說點什麼，不料前頭忽然傳來「砰」一聲悶響！

——沈星若收攏行李箱杆，又將行李箱拎起來半寸，往前一擱。

動作乾淨俐落。

乘務員和啤酒肚的爭執戛然而止，車廂內窸窣耳語聲也悄然頓停。

沈星若臉上沒什麼表情，卸下書包扔在橫躺的行李箱上，又拿出手機，將攝影鏡頭對準啤酒肚，「『中年男子高鐵霸座，為老不尊的巨嬰為何層出不窮？』這標題怎麼樣？」

啤酒肚愣了幾秒，等反應過來，臉色都變了，指著她就吼，「拍什麼拍、拍什麼拍！妳這小雜種是什麼教養，把手機給我！」

「你是什麼教養，我對你就是什麼。」

啤酒肚沒想到這小姑娘看起來文文靜靜的，竟然還是個難對付的，一下子氣得腦袋短了路，氣勢洶洶把餐桌往前一推，就想起身搶她手機。

見他有動手跡象，乘務員趕忙擋在沈星若身前，許承洲和另外兩個陌生的年輕男人也連忙起身拉架。

許承洲：「大伯幹什麼！欺負小女生算什麼本事！」

年輕男人附和，「就是，占別人座位你還有理了啊！」

前後拉拉扯扯，旁邊白領驚慌大叫，啤酒肚剛起身就跌坐回了座位，混亂間，後頭莫名踹來重重一腳，他還沒坐穩，又往前一栽。

見他這狼狽模樣，沈星若眼裡滿是冷淡的嘲諷，攝影鏡頭仍對準他，分毫未移。

啤酒肚氣得嘴皮子都在哆嗦，撐著扶手往後坐回座椅，邊點頭邊說：「好！好！妳拍！妳儘管拍，我就坐在這不動，我看妳這個小雜種能拍多久！」

周圍的人心裡都發出一聲「我靠還能這樣，太不要臉」的驚嘆。

沈星若沒什麼情緒變化，只是安靜地直視著啤酒肚——

一秒。

兩秒。

三秒。

忽然，她收了手機，望向陸星延身前的摺疊桌，「請問水能借我一下嗎？」

陸星延覷她一眼，可有可無地點了一下頭。

那瓶喝了三分之一的礦泉水很快向她拋了過來。

沈星若接了水，擰開瓶蓋。

「你走不走？不走大家都別坐了。」

瓶口稍稍傾斜，直直懸在啤酒肚頭頂。

周圍的人都驚呆了。

啤酒肚也如同遭受了什麼顛覆三觀的重大打擊，滿臉寫著不敢置信，「妳這小雜種……」

話剛出口，水就毫不留情地倒了下去。

一個小時後，列車抵達終點星城南站，乘客陸陸續續下車。

沈星若推著行李箱，邊接電話邊往出口的方向走。

『小美女，到了嗎？』

裴月的聲音聽起來相當愉悅，連帶著沈星若的心情也明朗不少，「裴姨，我下車了。」

『那妳往B出口走，我在這邊等妳。』

「裴姨，妳也來了？」

她以為只有司機。

『那是當然了，本來陸叔叔也要來的，可他臨時要開個會，走不開。』

沈星若很快便找到了B出口。

陸星延許承洲一行人也往B出口走，只是他們人多，難免拖拖拉拉。

「……那男的回過神來，一張嘴就不乾不淨的，然後你們知道怎麼了嗎？當時我都驚呆了，那小姐姐一言不合就把水倒下去了！真的倒下去了！」

許承洲說得有板有眼繪聲繪色，說到激動處，還拉著自己外套讓人看，「你看我的衣服，看！那水都濺到我衣服上了，現在都還沒乾呢！」

買票時連在一起的座位太少，除了陸星延和許承洲，其他人都坐在另一節車廂，沒有看到當時場景。

「然後呢？」

「然後警察就來了啊，那男的是一般座位占了商務座位，而且他只買了一站短程，硬是坐了六站，反正最後人就被帶走了。」許承洲想起什麼，「哦對了，那小姐姐不是跟陸星延借了水嗎，用完了還給了錢呢。陸少爺，你把那錢拿出來看看……」

陸星延用看智障的眼神看了他一眼，面無表情地繼續嚼口香糖，視線也很快移回手機螢幕上。

這事也只有許承洲一個人說得起勁，其他人沒親眼見到，也就沒什麼感覺，更沒什麼興趣，你一句我一句地打岔，話題很快轉開，聊到了晚上的演唱會。

他們這群人一半是國中就在一起玩的，高中到明禮中學本部，圈子擴大了一些。

放寒假，一群人跑到海邊瘋了十多天，因為幾個女生要看偶像林譽的演唱會才提前趕回來。

見幾個女生一聊到林譽就容光煥發眼冒愛心，許承洲翻了個白眼，話才說了半截也懶得再繼續往下說，轉而上前箍住陸星延的脖子，「欸，給你看個好東西。」

沒過幾秒，陸星延手機上就彈出訊息通知。

許承洲收了自己手機，得意洋洋地湊過去看，「怎麼樣，拍得不錯吧？是不是挺有那種文藝片的調調？」

照片場景頗為眼熟——

女生站在走道上，冷眼看著中年男人被扭送拉離，她的背脊很直，站在那就像一隻漂亮優雅的白孔雀。

許承洲誇個不停，「別說，這女生真的挺漂亮，主要是這氣質，我猜大概是學芭蕾的，完全就是一張初戀白月光的臉。」

「你這是什麼品位。」

陸星延覷他，又用手機拍了拍他的腦袋。

「我品位怎麼了，這放在明禮也絕對是校花女神級別的好不好，不信你問問邊賀……」

「你閉嘴吧。」

一行人笑鬧好半天才走到計程車乘坐站，他們人多，叫了三輛計程車，前面兩輛四個、四個的坐，最後剩下陸星延和許承洲兩人一輛。

他們正要上車，忽然前頭陳竹下了車，朝他們招手。

許承洲一看就知道有人在攛掇好事，本想往後座鑽的動作停下來，又對陸星延示意，「我們換一換，我坐前面。」

可陸星延戴著耳機沒聽到，自顧自拉開車門，坐上了副駕駛座。

許承洲服了，跟著上了車，從後面扯下陸星延的耳機，納悶道：「這都回來了你到底行不行啊？今晚演唱會再不把握機會，我看你再單身三十年都活該。」

這次出去玩，大家都在幫陸星延和陳竹創造機會，可陸星延不怎麼主動，陳竹也不開竅，以至於回到了星城，兩人也毫無進展。

許承洲還在嘮嘮叨叨，陸星延聽煩了，從他手裡扯回耳機，「閉嘴。」

剛好陳竹上車，許承洲也不好再多說什麼，往旁邊挪了個座位，又嘻嘻哈哈和陳竹聊天。

陸星延不知道在想什麼，陳竹問了他兩句，他回應得都很敷衍，而且很快又戴上耳機，繼續玩遊戲。

陳竹壓低聲音問：「他怎麼了？」

許承洲：「誰知道，他那鬼見鬼嫌的脾氣妳又不是今天才見識。」

陳竹：「行啊，上個學期還是狗見狗嫌，過個年又升級了。」

他們說的話一字不少全都落進了陸星延耳裡，陸星延心裡無端升起一股燥鬱，煩躁得將耳機聲音調到最大掩蓋後頭的談話，又滑了滑手機螢幕。

無聊。

然後他沒事找事傳了則訊息給裴月，報備今晚回家。

裴月回得倒是快，還是語音，他隨手點開，都忘了聲音已經調到最大——

『十天半個月沒一點訊息！要回來了你倒是知道吱一聲！怎麼了，我還要給你接駕？』

陸星延被這聲音震得下意識閉了一下眼。

他本來還想說點什麼，現在乾脆不說了，直接按下返回。

可退回主畫面後，他又不小心誤點進了和許承洲的聊天欄。

那張照片就這麼猝不及防地再次映入他的眼簾。

照片確如許承洲所說，有種文藝片的調調。

畫面定格了女生面部輪廓的四分之三，浸潤在窗外投射進來的黃昏光影裡，半明半昧。

大概是因為不笑，漂亮之外，她整個人都透出一股冷冷的味道，像冬日新雪，乾淨又清冷。

陸星延看了一陣子，隨手按下儲存。

正在這時，許承洲忽然一聲「我靠」，再次扯下他的耳機，指著前頭激動道：「我好像看見你家的車了，車牌號碼×××我沒看錯，是你家的車吧？」

聞言，陸星延先是面不改色地收了手機，然後抬頭往前面望。

只是那輛車並沒有給他確認的機會，他抬頭的時候，車尾掃過街角，只留下半截車影。

從城南高鐵站到城北落星湖別墅區車程將近兩小時，一路上卻不尷尬。

裴月是個很熱情也很時髦的長輩，時下流行的東西她都知道。

上車沒聊多久，沈星若就被拉著一起自拍。

拍完裴月還拎出一個網紅最愛的修圖軟體，一邊修一邊跟沈星若傳授心得指點迷津。

下車的時候天色已晚，落星湖吹來溫柔夜風。

放眼望去，湖畔別墅群低矮錯落，鵝卵石小道蜿蜒進雕花鐵門，沿路英式庭院路燈鋪成一路暖黃光暈。

沈星若不由得想起了《神隱少女》裡會向人彎腰打招呼的獨腳燈。

說起來，裴月也像是一盞獨腳燈，正源源不斷向孤身來到陌生城市的她釋放善意。

司機劉叔幫忙拿行李，裴月則挽著她往屋裡走。

陸家是三層樓的獨棟小別墅，屋外有草坪、泳池、小花園，屋內裝潢與沈星若預想中的奢華風格不太一樣，精緻溫馨，很有家的感覺。

裴月拉著她裡裡外外介紹，「平時吃完晚飯可以去湖邊散步，附近還有音樂廳、藝術中心，星城圖書館去年也遷到了這邊，走個七、八分鐘就能到。」

「妳的房間在三樓，我一早就幫妳布置好了，對了，從房間就能看到落星湖，晚上可以開點窗，自然風很舒服。來，我帶妳去看看房間。」

「裴姨，不用這麼麻煩的。」

沈星若被拉著往上走，後知後覺發現情況和她想像中不太一樣。

她原以為只是在陸家做客兩天，等開學就搬進宿舍，可現在——

「妳就當住在自己家，別拘束，明禮雖然要求住宿，但高二週末不補課，以後週五放學我就讓老劉去接妳。」裴月嘆氣，「阿姨我啊，一直想要個女兒，只是以前生孩子的時候落了點病根，現在年紀又大了。」

聲音稍頓，裴月又笑道：「年前妳爸說把妳送過來，我這一天天盼星星盼月亮的，總算把妳給盼來了。」

「陸叔叔忙，陸星延也不貼心，妳瞧瞧，寒假和同學出去玩，十天半個月不見人影，要回家了才傳訊息知會我一聲，還想讓我給他接駕呢，我才懶得理他。」

陸星延，沈星若將這名字在腦海中過了一遍。

然後又想起在車上時，裴月忽然變臉對著語音那頭的一通教訓。

裴月推門，回頭朝她招手，「快過來，看看妳的房間。」

沈星若點頭，走到門口。

最先映入眼簾的是滿目的少女粉白，配色夢幻，裝飾卻不花俏。

桌上水晶花瓶剔透，插有幾枝百合，花朵新鮮嬌嫩，似是在歡迎新主人的到來。房間陰面還置有一架白色的史坦威鋼琴。

「我們家沒人會彈鋼琴，以前放客廳就是當個擺設，陸叔叔特地囑咐人挪上來的，還喜歡嗎？」

她以前也有一架史坦威鋼琴，許久不見，覺得分外親切。

沈星若點頭，「謝謝裴姨，謝謝陸叔叔。」

「什麼謝不謝的，妳這孩子就是太有禮貌了。」

裴月望著沈星若，滿眼慈愛，臉上的笑收都收不住。

裴月之前說的都是實話，她一直想要個女兒，畢竟女兒才是貼心小棉襖，她那個兒子勉勉強強算件衛生褲。對比著看沈星若這小姑娘，漂亮懂事教養又好，聽說還很聰明，簡直就是送上門的羽絨外套。

考慮到沈星若奔波了一天，裴月也沒再拉著她多說什麼，只讓她洗漱完就早點休息。

沈星若應下，又將裴月送至門口。

陸家其他人好像都不在，目送裴月的背影消失在樓梯轉彎處，沈星若在門邊倚了一小會兒，輕輕闔上房門。

晚上十點十五分，星城樟嶺體育館，當紅偶像歌手林譽的「說愛你」全國巡迴演唱會星城站，提前一刻鐘匆匆宣告結束。

林譽本人早在團隊安排下火速離場，只餘體育館內哭嚎聲一片，亂作一團。代表林譽應援色的酒紅螢光棒被扔了滿場，撕壞的手幅橫幅、砸在地上已經不亮的燈牌，堆積成滿地狼藉。

好不容易擠出體育館，幾個男生都有種劫後餘生的解脫感，仰頭大口大口地呼吸新鮮空氣，只是仍舊難逃魔音灌耳。

陳竹氣得徒手撕T恤，「氣死我了氣死我了這個死戀愛腦！辛辛苦苦不吃不喝搶了VIP票，誰他媽要看他和別的女人求婚啊啊啊！」

門口買的演唱會周邊白T恤一件不便宜，品質還挺好，撕了半天撕不壞，陳竹又是咬又是扯，別了十根小黑夾才固定住的心機自然小清新丸子頭已經蓬散開來，伴隨她哭天搶地的鬼叫一抖一抖，完美詮釋了何為動若瘋兔。

另外幾個女生也是真情實感的林譽顏粉兼女友粉，這時已經氣到模糊，拿著衛生紙一把一把的擦鼻涕、眼淚。

有女生附和著大喊，「那個女人長得那麼刻薄，憑什麼和木木在一起！我要氣死了！他怎麼可以這樣！」

「就是！她還比木木大五歲！我要瘋掉了！」

一向老實的邊賀推了推眼鏡，和旁邊的許承洲小聲嘀咕道：「前兩天看電影，她們不是還誇男主角在演唱會上跟女主角唱歌表白很帥嗎？」

女生們不約而同跳腳，「你給我閉嘴！」

邊賀瞬間安靜如雞。

許承洲無語，「我說，你們有完沒完？」

可回應他的卻是一陣變本加厲的啊啊啊和嚶嚶嚶。

他想不明白，「那小白臉身高不足一七五，腹肌一整塊還敢撩衣服，動不動就比心飛吻，聲音那麼娘，妳們的腦子是不是有點問題？」

空氣在這一瞬間倏然凝固。

幾個女生抬頭看他，靜默三秒，忽然抄起手裡的東西就往他身上扔。

「木木明明就有一七六！你別造謠！」

「你數學及過格嗎？你還好意思 Diss 我們家木木！」

「你才娘，你全家都娘！」

「我靠！」

許承洲側身躲了躲不明暗器，沒等他站直，另一波暗器又朝他飛來。

眼瞧這幾個瘋女人大有嚷到滿體育館的失戀者聯盟前來圍攻的架勢，許承洲沒膽了，嘴裡嚷嚷著「救命」，邊躲邊往陸星延身後跑，絲毫不見剛剛 Diss 人家偶像的威武雄壯。

陸星延被吵得眉心突突直跳，又被許承洲拉著晃來晃去，耐心已經告罄。

他皺眉，抬頭往前看了一眼。

女生們扔東西的動作倏地頓停。

陸星延心情不好——這個認知就像一盆冷水兜頭潑來，讓人清醒不少。

可這清醒顯然只是暫時的，幾個女生的情緒狀態還不適合單獨回家，到時候被爸媽毒打一頓藤條炒肉都是輕的，萬一半路失心瘋，來個我以我血餞偶像，他們這些男生大概還要上一次社會新聞，到時候說不定要被傳成什麼道德淪喪的新新敗類。

於是許承洲主動講和，又一番勸慰，在「偶像鮮肉千千萬，誰談戀愛誰王八蛋」的口號號召下，女生們情緒慢慢穩定，決定和男生一起去吃燒烤平復心情。

夜裡燒烤攤最是熱鬧，前前後後聊著的都是幾千萬的生意，啤酒汩汩冒著白沫，空氣中滿是燒烤調味料的味道。

陸星延沒什麼胃口，心情也不太好，聽許承洲說了一會兒，又聽女生們討論到底要不要脫粉爬牆，睏意再次席捲而來。

女生失戀後對她溫柔體貼乃是趁虛而入的第一準則，為了幫陸星延創造機會，許承洲才提議來吃燒烤。

見他這麼不積極不上進，許承洲也是操碎了心。

陳竹吃牛肉串的時候辣椒粉飛進了眼睛，他慫恿邊賀配合，一個塞礦泉水給陸星延，一個塞濕紙巾給陸星延。

可陸星延沒會到意，又有點睏，擰開礦泉水瓶喝了兩口，又用濕紙巾擦了擦手。

「謝了。」

還挺懂禮貌。

許承洲瞪圓了眼。

他說錯了，陸星延這傢伙再單身六十年都是活該。

回到落星湖已是深夜。

之前還傳訊息給裴月說今晚肯定回來，可牆壁掛鐘早就走過十二點，陸星延下意識看了一眼手機。

竟然沒有來自他母上大人的奪命連環 Call。

他換了拖鞋，又將外套扔在沙發旁，上樓。

二樓是書房、健身房、多功能影廳，還有衣食父母的臥室。

整個樓層都沒開燈，很安靜。

陸星延住三樓左邊第一間，沒停留地走到自己房間門口，他搭上把手，眼皮也隨轉把手的動作往下垂。

還沒轉到一半，他手上忽地一頓。

門底縫隙有光。

視線在那道光暈上停留幾秒，陸星延很快想起之前幾次不美好的「捉姦在房」經歷，他鬆開手，又往後退了兩步。

走廊安靜，陸星延左右打量著。

終於，他在「進房火速低頭認錯但還是要被母上大人苦口婆心教育的漫長折磨」和「隨便睡間客房先躲了今晚再說的暫時安逸」中選擇了後者。

右邊第一間客房最大，和他房間格局對稱，他懶懶散散走過去，推門而入。

迎面一陣夜風，涼颼颼的。

陸星延被吹得清醒了三分。

房裡開了盞落地燈，暖黃光暈柔和，映照出來的裝飾布置與他記憶中的客房相去甚遠。

他愣了幾秒，目光才落到倚坐在窗臺上的少女身上。

窗外夜風帶起紗幔層疊的窗簾，也帶起少女及至腳踝的長裙裙擺。

她手裡把玩著打火機，火光冒頭，一竄一竄在風中跳躍。

在被風吹滅之前，「啰嗟——」

打火機闔上了。

兩人的視線也終於在半空中交匯。

她似乎不太開心，唇角向下抿著，冷冷的。

對視持續了數十秒。

陸星延忽然往後退了退，若無其事地走向另一間客房。

沒走幾步，他停下來，反射弧繞回正軌，又折返回剛剛的房間，扶著門框問：「妳是誰，來我家陽臺玩跳樓？」

男生的語氣不太友善，高高瘦瘦，穿深色T恤，偏頭倚門的動作讓他露出半張臉，可以看到他的皮膚很白，眉宇間積聚不耐煩。

沈星若很快將這位不善來者與「陸星延」三個字畫上了等號。

她沒接話，靜了一下，從窗臺下來朝他點點頭。

聽到房外的聲音時，裴月正在陸星延書桌前擺弄檯燈，力求找到最完美的光線自拍。

一聽動靜，她收了手機匆匆往外快走。

「你怎麼回事，大晚上在人家女孩子門口吵吵鬧鬧，這是知道我在房裡等著呢？念書都沒見你腦子轉這麼快，對付我你倒是挺有一套啊。」她上前，捏住陸星延耳朵就開始數落。

「媽妳鬆手！」陸星延皺著眉。

見沈星若從裡頭出來，裴月摁了一把陸星延的腦袋，又換上笑容，對著沈星若關切道：「若若，怎麼還沒睡，是不是剛到這邊還不太習慣？還是這小子吵到妳了？」

沈星若：「不是，我剛好起來喝水。」

看見滿臉寫著「我他媽心情不好」的陸星延，她神色未變，再次禮貌點頭。

裴月這才想起幫他們互相介紹：「對了，這就是我兒子陸星延，也不知道像誰，脾氣差又不會說話，若若妳別介意啊。」

「這是沈叔叔的女兒星若，升學考要回戶籍地考試，所以今年轉回星城來了，以後就住在我們家，對了，星若也讀明禮，在學校你多照顧一下。」

陸星延：「升學考還有一年半，這麼早轉過來幹什麼？」

他表現出來的不歡迎，就差拿個掃把在沈星若門口來回掃地了。

裴月又狠狠推了一把他的腦袋，遞過去一個「給我閉嘴」的眼神。

其實在裴月看來，這兩人也算得上是正經八百的青梅竹馬，兩人同一天出生，一個凌晨，一個半夜，當時取名也商量著都帶了個「星」字，兩家人還玩笑著說以後要做兒女親家。

只是沈光耀後來帶著一家人去了匯澤那邊發展，大人還常聯絡，小孩子就沒再見過了。一談及往事就有點剎不住車，她又高估了小孩的記憶力，當她興致勃勃說到「你們光著身體在小泳池裡游泳吐泡泡」的時候，兩人表情都出現了不同程度的崩裂。

而她一直說到「周歲那天你們還穿著同款開襠褲搶玩具」才發現，氣氛好像有一滴滴尷尬。

不，是兩滴滴。

「咳，那什麼，時間好像也不早了，若若，妳早點休息啊。」

裴月摸了摸今天上午剛燙的捲髮，又悄悄擰了陸星延一把。

陸星延像是沒感覺般，面無表情，冷著一張臉。

在他媽左一句「光著身體」右一句「同款開襠褲」的召喚中，他終於想起來了——

這女的，就是今天高鐵上潑了中年發福男一瓶礦泉水的白孔雀。只是這白孔雀的記性好像不如他，眼裡滿是陌生。

熱水嘩嘩從頭頂沖下，在髮梢又聚成一小股細流沿著下頜脖頸，淌過胸腹。

陸星延仰面迎著水流，很多畫面在腦海中一閃而過，也有很多畫面在腦海中不經意間串聯了起來。

難怪從高鐵站離開的時候，許承洲說看見了他家的車。

出了浴室，他邊擦頭髮，邊拿手機翻相簿。

相簿裡有張照片是陳竹趴在一個男生肩上，笑容燦爛。

今早看到照片去問陳竹的時候，陳竹還挺坦蕩，「這是我鄰居家的哥哥啊，我不是常跟你們說嗎，帥不帥、帥不帥？」

她一開口就停不了，「你沒見過本人，他真的是又酷又可愛！站著都和小松樹似的，特別挺拔！他現在在國防大學，但天高皇帝遠的，我可要時不時上傳點照片讓他記得我這個正牌青梅竹馬！」

陸星延也不知道自己是什麼感覺，總之「青梅竹馬」這四個字，聽起來讓人有點不爽。

往下翻，巧了，又是他的青梅竹馬。

他輕嗤了聲，將手機往床上一扔。

這一整晚陸星延都沒睡好，黎明時分窗外天空泛起魚肚白，他才用枕頭蓋臉沉沉入睡。

等再醒來，已經是中午十二點。

他洗漱完，下樓。

剛走過二樓的樓梯轉角，就聽下頭傳來陸山的聲音，「色綠、香郁、味甘，形似雀舌，好茶啊！」

「爸爸說陸叔叔你最愛喝龍井，特別讓我帶過來的。」

陸星延扯了扯唇角。

沈星若站的位置正對樓梯間，一抬頭，就見陸星延穿著寬鬆的黑T恤和灰色運動褲，雙手插在口袋裡，懶洋洋往下走。

她不著痕跡地移開目光，又幫陸山添了道茶。

「若若，妳喜歡吃雞肉嗎？」廚房裡傳來裴月的聲音。

沈星若：「裴姨，我都可以的。」

她放下茶壺，和陸山打了聲招呼，又去廚房幫裴月的忙。

陸星延走到冰箱前，倒了杯牛奶給自己，又叼了一片吐司，在客廳裡巡迴演出般走了一大圈——

沒人理他。

耳邊只聽見左一個「若若」右一個「星若」，就連陸山喝完茶，也起身去欣賞裴月做菜了。

他的目光飄向廚房，唇角又扯了扯。

其實裴月很少親自下廚，要不是家裡阿姨回去過年還沒回來，也很難見她鑽一次廚房。

素炒三鮮、土豆燉牛腩、清燉老鴨湯……

陸星延舉著筷子在碗裡頓了頓，很好，沒一個他愛吃的。

好不容易見裴月最後端上來一盤小炒雞丁，竟然還沒放辣椒。

簡直沒有靈魂。

「聽說匯澤那邊口味還是比較清淡的，上次在南城見到妳爸啊，以前特別能吃辣的人，吃一口剁椒魚頭就辣得連喝了三杯水。」

裴月說著，把那道小炒雞丁放到了沈星若面前，「若若，妳嚐嚐這個。」

陸山指了指，「這可是妳裴姨的拿手菜，星若，今天叔叔可是沾了妳的光啊。」

沈星若彎唇，「謝謝裴姨。」

見她溫柔乖巧，裴月愈發殷勤，「還有這個老鴨湯妳也多喝點，補身體的，瞧瞧妳柔柔弱弱的，高二壓力也大，要把身體先顧好了，別只顧著讀書……」

裴月話音未落，沈星若就咳了兩聲。

「怎麼了若若，感冒了嗎？」

裴月緊張。

陸山：「最近冷熱交替，還是要多穿點衣服啊。」

「裴姨、陸叔叔，我沒事……咳咳……就是喉嚨有些癢，喝點熱水就好了，咳咳、咳咳……」

沈星若邊說，邊別過腦袋掩唇咳嗽。

「……」

說她柔弱她還咳上了。

陸星延舉著筷子，半晌沒回過神，腦子裡一下子是昨天白孔雀潑人水的囂張，一下子又是眼前沈黛玉咳嗽的柔弱。

「陸星延你去倒杯熱水。」

「不，溫的。」

「愣著幹什麼，快去啊。」

被無視得像一團人形空氣的陸星延終於有了姓名。

等他倒水來，沈黛玉小姐姐已經安撫好了他那對操心過度的衣食父母。

「砰——」

玻璃杯重重落在桌面，發出清脆聲響。

水花還濺開了三四朵，有一朵剛好落在沈黛玉手背上。

沈黛玉很有禮貌地說了聲「謝謝」，握住水杯，小口小口抿著。

陸星延雙手插口袋站在桌邊斜睨一會兒，又舔舔後槽牙，別過腦袋輕哂了聲。

很好。

敢情家裡來了位影壇遺珠。

整頓飯陸山和裴月都在對沈星若噓寒問暖，不配擁有姓名的人形空氣三兩下就扒完了飯，本想起身上樓，可聽陸山和沈星若說起轉學的事，他的動作慢了下來。

「手續都辦齊了，本來那個年級組長還說要先做個小測驗，妳的檔案一調過去啊，人家二話不說就幫妳安排進了一班。」

陸星延抬頭。

陸山視線稍轉，「看什麼看，就是和你同班，你也跟人家星若多學學，星若國中會考匯澤市第三，在匯澤一中都沒掉過出年級前五，你呢？你哪次考試不在光明頂待著我和你媽都謝天謝地了。」

明禮考試時是按照上一次的成績排考場、排座位，越往樓上走考場就越差，頂樓則被親切地稱呼為光明頂。

很不幸，陸星延就是一名資深的光明頂釘子戶。

陸山夾了兩筷子菜，又繼續說：「大後天就開學了，我看看後天有沒有空，有空的話就送你們去學校，沒空就讓老劉送你們去，星若剛來，提前一天住進宿舍，和室友熟悉熟悉比較好。」

陸星延沒接話，滿臉寫著「您就別有空了吧」。

陸山：「你這是什麼表情？」

「希望您日理萬機多賺點錢的表情。」

陸山：「……」

「我吃飽了。」陸星延懶得多說，撂筷起身，又雙手插口袋，吊兒郎當地上了樓。

如陸星延所願，報到當天，陸山並沒有空。

司機老劉將車停在屋前，又下車幫忙拿行李。

陸星延眼都沒抬，直接窩進車裡玩手機，嘴裡還嚼著口香糖。

車外裴月拉著沈星若講話，來回嘮叨的無非就是注意身體、多蓋被子、有事記得打電話給她。

遊戲都打完了也沒見到人上來，陸星延降下車窗，皺著眉往外望，眼裡滿滿都是「還有完沒完」。

沈星若剛和他對視上，裴月也跟著望了過來，「對了，你在學校要多照顧若若知不知道，她一個女孩子轉學過來孤零零的，人生地不熟，別讓人欺負她了。」

「……」

「呵。」

誰能欺負得了這位一言不合就給人來一個透心涼心飛揚的小仙女。

陸星延升起車窗。

遮住眼睛之前，沈星若還能看見他滿臉的嘲諷。

沈星若並不知道自己哪裡惹到了這位幼稚的大少爺，對她來說，被男生討厭算得上是一件頗為稀奇的事。

暫時還不知道該如何與他相處，沈星若也就沒有主動說話。

冬天還未走遠，窗外見不到花，路上行人也還裹著厚厚的外套。

她將車窗打開一條小小的縫隙，風剛往裡吹，旁邊就冷不防傳來一聲，「想凍死我？」

「……」

「不好意思。」

她又將車窗升了上去。

一路無話，沈星若一直看著導航認路，在右轉進單行道的路口，她識趣地提前和老劉打了招呼，「劉叔叔，我想在前面先下，前面有家文具店，我想去買點東西。」

「行，那我停旁邊等妳一下。」

「不用等了劉叔叔，我認得路，可以自己走過去的。」

沒想到陸星延突然插進一句，「我也在這下吧，劉叔你別轉進去了，今天明禮門口塞車。」

沈星若望了他一眼。

兩人下車，停在路邊樹下，頭頂樹葉被風吹得窣窣作響。

沈星若想了想，還是很有禮貌地說了句，「那我先去買東西了。」

她拖著行李箱走了幾步，陸星延忽然叫住她，「喂，沈星若。」

沈星若回頭。

陸星延半倚在樹幹上，目光直接又冷淡，「都到學校了，能不要裝了嗎？」

第二章　幫你的墳頭點香

文具店裡。

店員：「一共是一百七十三塊五，現金還是手機支付？」

沈星若：「手機。」

店員：「那妳掃一下這個。」

沈星若掃了條碼，又輸入付款金額，只是她手腳冰涼，指紋驗證的時候總沒有反應。

在收銀櫃檯耗了一陣子，結完賬，她推開玻璃門。

迎面有風灌入衣領，又濕又冷。

樹下那道身影已經不見了。

那句「別裝了」就像經咒般一直在腦海中打轉，直到這時，她的思緒也無法集中。

她心不在焉地拖著行李箱，往明禮所在的書香路走。

書香路是一條窄而長的單行道，道路兩旁栽滿常綠香樟，路的右邊是明禮校園，從防護欄空隙可以看見學校操場和籃球場，左邊則是一些店面和明禮的宿舍。

沈星若也是走到附近才發現，明禮的宿舍不在校內，而是在學校對面。

有陸山之前的打點，轉學流程不算複雜。

在高二文組辦公室，沈星若見到了新的班導師。

新班導師叫王有福，看上去四、五十歲，不太高，胖胖的，一副和藹可親的樣子。

他的動作有些慢，找表格都找了五分鐘。

說話也慢慢吞吞的，保溫茶壺不離手，「妳放心，我們明禮，比起匯澤一中是不會差的。」

沈星若翻了翻剛買的文具。

……都是鉛筆。

「我當年是南城師範大學畢業的啊，那個時候學校分配，妳知道吧。我畢業先去了匯澤，匯澤一中那時候是農民工子弟學校，師資啊、教學啊，都是比較普通的水準，薪水還少。它是這二、三十年匯澤政府扶持才發展得快的。」

沈星若在辦公桌上找了枝黑色圓子筆，開始填表格。

「匯澤一中那我很熟的啊，妳們現在的校長，申志波，跟我一起分配到匯澤一中去的，以前我們住教師宿舍，他就在我隔壁，妳說他那臭水準還當校長……」

沈星若：「……」

「明禮不一樣，明禮還是比較有底蘊一點，民國初年的時候就創辦了，那時候叫省立高等中學堂，這些年，出過不少院士、領導人。」

她邊填表格，邊「嗯」了幾聲。

王有福也不知道自己漏了什麼沒講，握著保溫杯想半天，嘮叨著補上一句，「薪水還高。」

沈星若握筆的手頓了頓。

填完表格，王有福帶沈星若去了教務處。

手續辦完，她拿到了一張入學所需申請表。

王有福好像很閒，還擺出一副要帶她去領制服和寢室用品的架勢。

讓這位班導帶路，也不知道今天還能不能吃上晚飯，沈星若婉言謝絕了。

從教務處出來，沈星若先去圖書館領了制服，然後去了宿舍。

明禮的宿舍區包括連在一起呈U型結構的男女宿舍大樓，一排教職員宿舍，還有食堂。

沈星若到四樓四〇三寢室時，寢室門正大喇喇地敞著。

「靜靜妳等等我！馬上抄完了、馬上抄完了！」

穿煙粉色衣服的女生伏在桌上奮筆疾書。

「我只是穿個外套，妳慢慢寫，沒關係。」

有人應聲，聲音好像是從洗手間傳出來的。

坐在靠門位子的女生正在用髮捲捲瀏海，不知想起了什麼，她往後仰了仰，朝洗手間方向喊：「欸？靜靜，社會實踐學習單王有福說要交了嗎？我忘記蓋章了。」

「我今天去找他的時候他沒說要收，但妳最好還是補蓋一下，過幾天可能會收。」

「學校真的是煩死了，大過年的誰要去做什麼社會實踐啊，都只是一些形式！」

髮捲不高興了，將鏡子扔到桌上。

趁著這說話的空檔，沈星若在門板上敲了敲。

被叫作靜靜的女生剛好從洗手間出來，髮捲和煙粉衣服也不約而同往門口看。

「妳們好，我是沈星若，以後也住這裡。」

空氣靜默了一瞬間。

寢室三人盯著沈星若看了十來秒，妳望望我，我望望妳，彼此交換著茫然又空白的眼神。

「噢……妳是新來的轉學生對嗎？」剛從洗手間出來的女生反應過來，「今天聽王老師提了，差點忘了。」

她連忙上前，迎接被晾在門口橫空出世的新室友，不好意思地自我介紹道：「妳好，我叫翟嘉靜。」

另外兩人還沒回神，臉上都寫著「我們班竟然有轉學生」的不敢置信。

等翟嘉靜將人領進寢室，煙粉衣才勉強收起一臉的呆滯震驚，扶了扶眼鏡，「那個，妳好，我叫石沁。」

身後傳來另一道聲音：「妳聽。」

誰聽？

沈星若回頭看。

「她的名字叫李聽，木子李。」

翟嘉靜及時解釋。

噢，這樣。

沈星若點點頭。

一般人初至陌生環境，難免和原住民們生疏，心裡會覺得尷尬，但沈星若不是一般人，要尷尬也是別人尷尬。

她安靜地鋪著床，整理桌面。

寢室三人在做自己的事，但都明裡暗裡忍不住看她。

被子有一角怎麼也壓不平，翹起來囂張的樣子，就像陸家那位不懂禮貌不可一世的自大狂。

沈星若站著想了幾秒，拿了一疊書，直直往上壓。

翟嘉靜有點看不下去了，猶豫著問：「那個……妳需要幫忙嗎？」

沈星若下意識就想拒絕，可話到嘴邊又變成了謝謝。

很奇怪，沈星若好像有種特別的吸引力，站在那清清冷冷的，但就是讓人不自覺地想要靠近。

不到兩分鐘，石沁也將寒假作業放在一旁，主動幫她收拾書桌。

李聽倒是沒湊過去，一直在玩手機，只是眼角餘光時不時會掃向對面。

在翟嘉靜和石沁的幫助下，沈星若終於治好了被子一角的頑固分子。

剛站直，裴月的電話就來了。

她看了一眼來電顯示，往外走。

石沁探著腦袋往外望了望，確定沈星若已經走遠，才回頭八卦道：「沈星若長得好好看啊！她剛剛進來的時候我都看呆了！」

翟嘉靜：「她的氣質很好，像學舞蹈的。」

石沁：「對，就有種很特別的感覺！特別仙！」

李聽嗤了聲，滿不在意，「妳也太誇張了，我覺得還沒有三班的陳竹好看。」

「比陳竹好看多了吧，陳竹我可欣賞不來。」石沁已經化身沈星若的小粉絲，「啊啊啊啊靜靜！我們找她一起吃晚飯她會不會同意？她好像有一點點高冷！」

翟嘉靜：「等她回來問問。」

李聽無語，撥了撥剛弄好的瀏海，拎著書包起身，「我出去了。」

沈星若打完電話，在樓梯口遇上李聽。

兩人不鹹不淡地點了點頭，都沒說話。

李聽好像對她不太感冒。

這也正常，畢竟陸家還有一個陸星延那樣對她水土不服的。

晚上沈星若和石沁、翟嘉靜一起吃飯。

石沁有點話癆，吃飯的時候還說個不停。

飯後沿著校外散步回寢室，她那張嘴也沒停下來過，一路從明禮宿舍條件說到了上任年級組長出軌高三英語老師被當場抓包。

夜風有些涼，隔著一道圍牆防護欄，校內的說笑聲、跑步聲也順著風飄了出來。

「……真是看不出來，平時一副特別正經的老幹部樣子，竟然和英語老師搞到一起了！高一的時候他可喜歡針對我們班了，朝會做操老是留我們班訓話，要不是我們班有個男生……」石沁不經意往籃球場的方向瞥了眼，忽地一頓，「欸？陸星延？」

翟嘉靜抬頭。

石沁伸長脖子，從欄杆縫隙往裡探了探，「還真的是他！」

「星若，就是他，那個穿黑T恤在運球的，看到沒？」石沁給沈星若指人，「有次年級組長非說我們班做操做得不標準，訓完話還要罰我們班放學留下來做十遍，他就跟我們年級組長槓上了！然後我們班男生也扔校服啊，讓年級組長先做個示範啊，差點就和過來幫年級組長的體育老師動上手了！」

沈星若想像了一下菜雞互啄的畫面，沒說話，也沒什麼表情。

「就那次之後，那年級組長才知道我們班不是什麼好惹的，對了，陸星延……就是這個男生，他也在一班，他在我們學校很出名的，我高一和他同班，那時候就有好多女生喜歡他。」

沈星若：「那妳呢？」

石沁：「我？我不喜歡這一型。」

沈星若看了她一眼。

雖然戴眼鏡，但眼光還行。

石沁繼續道：「我們上學期分班搬到第二教學大樓，還有些高一新生跑過來，假裝路過我們班。真是服了，來看帥哥就看帥哥，還硬要順便上個廁所，弄得我們下課上廁所老是要排隊！」

翟嘉靜半晌沒說話，忽然開口問：「星若，妳要不要去學校裡面看一看？」

「不用——」

沒等沈星若說完，身邊忽然「砰」一聲！

籃球擦過她的手臂一蹦三尺高，彈跳幾下，然後滾到樹底下裝死。

翟嘉靜和石沁都嚇了一跳！

許承洲：「球都扔到校外去了，你吃藍色小藥丸了啊！」

陸星延沒接話，扯開額前髮帶，喘著氣往圍牆護欄外望。

那道身影有點熟悉。

有男生瞇著眼問：「是不是掉到樹下了？」

天色半黑，籃球場探照燈光線很足，從外往裡望看得清楚，從裡往外望就比較模糊了。

很快有人附和，「好像是，那邊是有幾個女生吧，讓她們扔進來就行了。」

於是男生們對著校外圍牆招手，大聲喊：「美女！幫個忙！把球扔進來吧！」

翟嘉靜下意識就去樹下撿起了籃球。

防護欄縫隙還不足以將球塞進去，她望了望圍牆高度，一時有些為難，「這要怎麼扔過去……」

石沁：「往上一拋就行了……算了，妳也不像個會拋球的樣子，給我給我，我來。」

可沒等石沁伸手，沈星若就從翟嘉靜手裡接過了球，然後直接扔進了——

垃圾桶裡。

翟嘉靜和石沁皆是一怔。

「這……」

「走吧。」

沈星若面無表情。

半夜下了一場小雨，早上起來地面還有些濕潤。

推開窗，空氣也顯得格外清新。

「開什麼窗戶啊，冷死了！」

「不好意思啊，我只是想通通風，妳冷的話我關上吧。」

翟嘉靜回頭，抱歉地笑了笑。

見是翟嘉靜，男生一愣，摸了摸鼻子，含含糊糊說：「沒事，妳開著吧，通通風也挺好的。」

翟嘉靜是一班的學藝股長，成績好，長得漂亮，還很善解人意溫柔體貼，班上不少男生都對她有好感。

旁邊的女同學滿臉無語，嫌棄地把男生的手肘往旁邊頂了頂，又抬頭問：「翟嘉靜，聽說妳們寢室來了個轉學生？人呢？」

「噢，她應該和石沁一起過來。」

昨晚石沁補寒假作業補到凌晨三點，寢室十一點就熄燈斷電，她硬是耗完了寢室四個人的小檯燈電量，才把寒假作業補完。

翟嘉靜早上出門的時候，石沁怎麼都叫不醒。

沈星若倒是一叫就醒，可她醒來看了一眼時間，又在被子裡很清醒地說了聲，「我再睡一下。」

翟嘉靜是班級幹部，開學第一天要做的事情很多，實在是沒辦法陪她們耗到壓線，只好先走一步。

七點二十五，班上的人陸陸續續來齊了。

聊天的、背單字的、補作業的，還有偷偷吃早餐的，整間教室就像沸騰的開水，熱鬧得厲害。

「林譽竟然公開求婚，還是在演唱會上！他是瘋了嗎，怎麼這麼想不開！最近他的粉絲掉得好快，討論區簽到率一下子就掉下去了！」

「啊？英語試卷不是十張嗎！我只有十張啊，當時發的時候我就數了只有十張，完了完了！」

「我數學選擇題都是隨便亂寫的，不會仔細檢查吧？這些寒假作業交上去好像都被當廢品賣掉了。」

還有人八卦道：「聽說陸星延和三班的許承洲、陳竹他們出去玩了，去了海邊，你說陸星延和陳竹會不會談上了？」

另一個女生愣了愣，「他們不是早就在一起了嗎？」

「你聽誰說的，沒有呢。」

「那我就不知道了，我一直以為他們上學期就在一起了。欸對了，我們班好像來了個轉學生，住在翟嘉靜她們寢室。」

「我怎麼不知道。」

「昨晚李聽和我們一起吃飯的時候說的。」

女生環顧四周，有些納悶，「在哪呢……」

說曹操曹操就到。

七點三十，石沁和沈星若踩著早自習的鐘聲，一前一後進了教室。

沈星若剛進來的時候，教室裡還很吵。

可沒過幾秒，大家就安靜下來了——

王有福捧著他的紅色保溫杯，準時出現在了教室門口。

教室裡很快響起了朗朗讀書聲，中英文交雜，依稀還能聽到有人在背化學元素表和甲午中日戰爭的歷史意義。

王有福一臉滿意，慢悠悠地走到講臺上，放下了他的寶貝保溫杯——不，下一秒又拿起來了。

「大家先停一下，跟大家介紹一下我們班的新同學。」他朝沈星若招了招手，「來，自我介紹一下。」

沈星若也不拘謹，走上講臺淺淺鞠了個躬，然後轉身往黑板上寫了三個大字，落落大方道：

「大家好，我叫沈星若，希望大家多多指教，也希望以後能和大家一起進步。」

安靜三秒，臺下響起一陣掌聲。

王有福又是一臉滿意，往臺下掃了一圈，指了個空位，「沈星若，妳先坐那，下週就調座位了。」

沈星若點頭，走向她的座位。

都落座後，王有福雙手捧著保溫杯，開始例行念經，給大家上開學的第一道緊箍咒，「下個學期你們就高三了，你們不要以為現在還只是高二，離升學考還很遠……」

他剛開了個頭，門口忽然傳來懶洋洋的一聲，「報告。」

陸星延穿著校服，吊兒郎當地站在門口，沒骨頭似的，腦袋微偏，書包只揹了一根揹帶，臂彎裡還夾著一顆籃球。

王有福看了他一眼，也不知道是打算教訓還是打算怎麼做，沒等他開口，手機就先一步響了起來——

來電顯示是年級組長。

王有福顧不得陸星延，邊接電話邊小碎步往外走。

陸星延也完全沒有等王有福回來處置的意思，直接往裡走，只是在路過沈星若的座位時，腳步稍稍一頓。

沈星若注意到了，他的籃球很新，沒有沾上半點灰塵。

不是昨晚那顆。

就在這時，陸星延忽然鬆開籃球，很隨意地往地上拍了一下。

那球砸在地面，聲音略帶迴響，有點悶，又有點空。

沈星若面不改色，抬頭對上陸星延的視線。

陸星延沒說話，只是盯著她，盯了幾秒，忽然奇怪地扯了扯唇角，然後繼續往後排走。

沈星若將他的眼神默認為「妳給我等著」。

兩人座位隔了一個走道，沈星若坐第二大組第五排，陸星延坐第一大組第七排，並不遠。陸星延往前看的時候，總能瞥到沈星若的背影。

王有福回來之後，目光在下面掃了一圈，找到陸星延，說：「遲到了啊，公民課本抄十遍交過來。」緊接著又找回之前的話頭，繼續嘮嘮叨叨。

聽到一半，陸星延不自覺地打了個呵欠。

「聽說你們昨晚打球，籃球被一個女的扔進垃圾桶了？我靠，這不會是為了吸引你的注意力的新招數吧。」

隔壁桌李乘帆壓低聲音問。

也不能怪李乘帆這麼想，現在的女同學們看多了小說，都很有創意，知道送情書、送巧克力已經不能成為夜空中不一樣的煙火了。

上個學期，陸星延好不容易去一次學生食堂，就被一個理組班女生潑了碗熱氣騰騰的湯。

還有高一小學妹藝高人膽大，跑來和他表了頓霸道總裁式的白，還踮起腳想強吻他，奈何身高不夠，被他拎小雞似的拎開了。

李乘帆：「那女的哪個班的，長得怎麼樣，一開學就搞這麼一齣，挺厲害的啊，球你們弄回來了嗎？」

「不要了。」

陸星延手邊轉著筆，似是不經意地往沈星若那瞥了一眼。

「我靠，這麼浪費。」

見陸星延沒接話，李乘帆也不在意，很快又提起了新的話題，「欸，你剛剛有沒有見到，第二組第五排……就那個，和阮雯坐的那女生，新轉來的，真的特別漂亮！」

他悄悄指給陸星延看，「漂亮」兩個字還特地加重了語氣。

不止李乘帆，臺下不少同學都在小聲討論沈星若，眼角餘光也時不時就往她那瞥。

沈星若像沒感覺般，邊聽王有福說話邊看書。

匯澤那邊升學考，文科綜合是自己命題的，所以文科三科的書和明禮的版本不一樣。她還沒來得及去領新書，出門前跟石沁借了，這時正好用來對比。

八點整，鐘聲響起，早自習結束。

王有福的緊箍咒也終於念完了，「好了，我就先說這麼多，你們自己還是要想清楚，該抓緊的抓緊。」

「對了，小老師，小老師在哪裡——噢，阮雯，社會科的寒假作業先不收，我上課的時候要講試卷。」

「好的，王老師。」聲音溫柔乖巧。

沈星若側過腦袋，阮雯敏感地對上她的視線，禮貌又生澀地笑了笑，「妳好，我叫阮雯。」

她攤開書，給沈星若看名字。

沈星若點點頭，「妳好，我叫沈星若。」

阮雯小雞啄米似地「嗯嗯」兩聲，「妳的名字很好聽，是出自曹操的《觀滄海》嗎？星漢燦爛，若出其裡。」

沈星若沒應聲，只彎了彎唇角。

臺上王有福一走，教室裡又熱鬧起來了。

沈星若剛和阮雯打完招呼，後座男生就拍了拍她的肩膀。

她回頭。

男生笑容溫和，露出的牙齒白而整齊，整個人看上去又陽光又乾淨，還有一點點眼熟。

「沈星若，記得我嗎？」

聲音有些耳熟。

「我是何思越。」

名字也有點耳熟。

何思越無奈地笑了笑，「看來妳不記得了啊，我們在模聯大會見過的，妳之前是匯澤一中的，對吧。」

他試圖說出更多細節喚醒她的記憶，「那次模聯議題是海洋環境保護和發展，妳是紐西蘭代表，我是奈及利亞代表，妳拿了最佳代表，結束後我們還一起吃過飯的。」

沈星若終於想起來了，「噢，是你。」

好像有點乾巴巴，她又補了句，「好巧。」

「對，太巧了，一年沒見，剛剛看到妳，我一眼就認出來了。」

「不好意思，你和模聯那時候……嗯……有點變化。」

沈星若絕不承認自己記性不好。

何思越又笑了，「換了個髮型。」

說著他腦袋微低，揉了揉自己頭髮。

附近的人看似在做自己的事，實則都豎起耳朵在聽兩人說話。

聽到「拿了最佳代表」這樣的關鍵字，大家有些驚訝。

匯澤一中轉來的，拿過模擬聯合國大會的最佳代表，敢情這位還是個學霸啊……

陸星延和李乘帆也聽到了，可兩人都是典型的後進分子，並不知道模聯大會是什麼東西。

陸星延不知道，但他不會說出來，李乘帆就不一樣了，一臉納悶地問：「模聯大會是什麼？模特兒聯盟大會？」

這聲音剛好在安靜間歇響起，稍微有些突兀。

何思越和沈星若不約而同都望了過去。

陸星延舔了舔後槽牙，面無表情地捲起桌上課本，敲了一下李乘帆的腦袋，「不知道就閉嘴。」

李乘帆在這一刻表現出了強烈的求知欲，「你知道？那你說說是什麼？」

「……」

你他媽活膩了。

開學第一晚，一班男生寢室夜聊，沈星若成為了當仁不讓的女主角。

李乘帆：「……真的是女神！今天王有福嘮叨了一個早上，公民課他又一直說一直說，要是平時我早就睡了，但我今天一整節課都沒睡！沈星若她就坐在我斜前方，我一抬頭就看見她，一抬頭就看見她，那側臉，絕了！」

趙朗銘：「女神是挺女神，但你們不覺得有點高冷嗎？一看就不好接近，而且看起來有點性冷感啊。」

邊賀推了推眼鏡，老老實實地贊同道：「沈星若會比較有距離感，我感覺還是翟嘉靜比較好，沈星若那種，一般男生都壓不住……」

邊賀話音未落，陸星延從浴室出來。

他穿著黑色T恤和運動短褲，剛洗過澡，頭髮還是濕的，順著額角往下滴水。

李乘帆順口問：「欸，延哥，你覺得今天那轉學生怎麼樣。」

「不怎麼樣。」

陸星延連眼皮都沒抬，邊擦頭髮邊往寢室外走。

隔壁寢室關著門，但隔音效果不怎麼好，裡頭聲音一直飄出來。

「……你們也知道，模聯演講都是英文，她口語很好，邏輯也很清晰，所以我印象還挺深刻的。」

「何思越你少裝了，還不是因為人家好看你才印象深刻。」

何思越笑了聲，又說：「也沒錯，沈星若是挺惹眼的，但她那次模聯大會也確實表現得很突出。」

這一個寢室裡都是學霸，話題很快跳到了沈星若轉過來在年級裡大概是個什麼水準，他們討論的同時，還順便表了個態——沈星若的顏值在年級乃至全校，都是光榮榜前三。

陸星延就不懂了，白孔雀到底是什麼稀有動物，值得他們掛在嘴邊說個沒完，還三句不離模聯大會。

一聽「模聯大會」這四個字，陸星延就想起白天被李乘帆問住後，沈星若臉上的表情——雖然她沒什麼表情，但那一臉平靜彷彿是在說：「哦，我就知道這是個沒常識的小垃圾。」

這麼回想一遍，陸星延的心情就不是很美麗了。

走到走廊盡頭的寢室，門虛掩著，他剛抬手，就聽寢室裡爆發出一陣笑聲。

「哈哈哈哈哈！你也太會想了！」

「不是，我說真的，她的胸要是再大兩個罩杯，那視覺效果、那手感……不過，沈星若這種長相，一馬平川也就忍了。」

「那你還挺忍辱負重。」陸星延忽然推門而入。

「欸，陸少爺。」

男生沒聽出他話裡的情緒，還抬抬下巴，和他打了個招呼。

陸星延瞥他一眼，沒應聲，直接往靠裡的床位走，渾身都散發著「我他媽跟你不熟」的抗拒氣息。

這寢室有個男生今天跟他借了充電器沒還。

男生這時不在寢室裡，陸星延自己找到要用的充電器，拿了就走，半句話都沒多說。

他是覺得沈星若這女的挺能裝的，但聽別人討論女生總愛往下流的方向偏，也不怎麼感興趣。

寢室裡幾個男生你望望我我望望你，也不知道哪裡得罪了這位少爺，滿腦袋問號。

明禮的教學進度很快，高二上學期就把三年所有課程都結束了，這學期開學便直接進入了第一輪複習。

好在匯澤一中之前的進度也不慢，除了歷史還有兩個單元沒講，其他的課也都上完了。

沈星若對新環境還算適應，畢竟大部分同學都很友好善良，老師也都和藹可親。

只是有一點讓她感到比較困擾——

石沁之前說的有人來班上圍觀陸星延的事情，在她身上也發生了。

她並不知道自己在學校裡被傳成了什麼樣子，但開學這幾天，教室前後門和窗戶總有其他班的人往裡張望。

有一次她從洗手間回來，還聽到兩個男生在後門討論：

「哪個是沈星若？」

「也沒看到特別漂亮的啊。」

她沒出聲，去辦公室問了兩個題目，等上課鐘響才回教室。

除此之外，開學第一週過得還算平靜。

週五中午，裴月打電話過來，說今天陸山有空，放學來接她和陸星延。

下午上課之前見到陸星延，沈星若本想和他說一聲，可他一臉「我雖然看到妳了，但妳和垃圾桶並沒有什麼區別」的漠然表情，讓沈星若實在不想開口。

最後一堂班會課改成自習，沈星若懶得帶書回去，趁著自習寫完了國文作業和歷史作業。

還剩三分鐘下課的時候，她開始收拾書包。

可前座的衛生股長忽然轉過來和她說話，「沈星若，今天打掃完還要麻煩妳多留一下子哦，因為會有人過來檢查。」

等等，打掃衛生？

衛生股長看她的神情，以為她不願意，小心翼翼問：「妳不能留嗎？」

沈星若：「沒有，可以的。」

很快下課鐘聲響起，班上同學不約而同都鬆散下來。

有人伸懶腰，有人聊天說話，還有人歸心似箭，揹上書包拿出五十公尺短跑衝刺的速度瘋了般往外跑。

窗外蜜色夕陽在教室課桌上灑下金色光影，整理課本資料的聲音和交談聲桌椅推拉聲混合在一起，交織成放學時分最獨特的協奏曲。

沈星若走到教室後面，仔細瀏覽她經過N次但每次都直接無視的打掃安排表。

週五掃地：

沈星若，一二大組和走廊。

陸星延，三四大組和講臺。

安排打掃的衛生股長到底是什麼絕世鬼才。

沈星若站在那消化了幾秒，然後傳訊息跟裴月報備，說他們可能要晚半個小時才能出去。

裴月很快回了個「ＯＫ」的手勢貼圖。

明禮強制住宿，週末休息的時候，大家基本上都會選擇回家，所以週五放學人都走得挺快。

沈星若等人都走得差不多了，才去拿掃把準備掃地。

可她轉身，就見陸星延臂彎裡夾著籃球，和幾個男生勾肩搭背一起往外走。

教室外面還有幾個其他班的男生，好像是在等他們。

「陸星延。」

她的聲音在近趨空曠的教室裡略顯突兀。

陸星延回頭，目光懶散，「怎麼。」

「打掃，你掃三四大組和講臺，今天有人會過來檢查。」

陸星延還沒說話，教室外突然一陣哄笑：

「噗！叫陸星延打掃！哈哈哈哈……」

「瘋了吧。」

「打掃」這兩個字對陸星延來說確實有些陌生，他反應了好一會兒，才走到打掃安排表那看了看。

回頭見沈星若還直直望著他，他上下打量了兩眼，不以為然道：「我和妳同一組，那妳也順便幫我掃一下吧，謝了。」

說完他也沒給沈星若拒絕的時間，帶著一幫男生吊兒郎當往外走了。

他們消失在視線範圍之前，沈星若還能聽到男生在拿這事調侃陸星延。

何思越去了趟老師辦公室，回來正好撞見這一幕。

「他們就是這樣，妳別往心裡去。」他走到沈星若身邊，聲音溫和。

沈星若搖搖頭，「沒事。」

每個學校都有這樣一群不學無術、只在敗家這件事上能做到一山更比一山高的後進分子，她並不覺得陌生。

「我幫妳。」何思越也拿了個掃把，幫她一起掃地。

沈星若說了聲謝謝，沒有拒絕。畢竟今天有人過來檢查，她一個人也掃不完。

何思越動作俐落，沈星若才掃完第一大組，他就已經將教室前後、走廊，還有另外兩組都掃完了。

何思越：「第二大組我來吧。」

沈星若：「沒關係，我自己掃就可以了。」

何思越想了想，點點頭，「也行，那我換一下垃圾袋。」

沈星若掃地間歇抬頭看了一眼，有些想不通，怎麼都是十六、七歲的男生，有的成了何思越，有的卻成了陸星延。

打掃完，兩人去洗手間洗了手。

回教室的路上，何思越問：「今天週五，妳回家嗎？」

陸家暫時也算家吧，沈星若「嗯」了聲，禮尚往來問一句，「你呢？」

「我也回家，那我們等一下一起走。」

沈星若：「我還要再留一下子，今天有人檢查衛生。」

何思越：「沒關係，我等妳。」

沈星若還想說點什麼，前頭王有福看見他們，招了招手，「欸，何思越，你來一下我辦公室。」

很好，不用她拒絕了。

陸星延倒是會挑時間，打掃剛好掃完，他就回到教室，見沈星若邊擦手邊往裡走，他扯下被汗水浸濕的髮帶，說：「大小姐動手能力不錯，挺乾淨。」

沈星若瞥他一眼，沒說話。

陸星延輕哂，靠著椅背，自顧自擰開礦泉水瓶。

一班在一樓第一個教室，檢查衛生也排在最前面。

等學校幹部例行檢查完，沈星若揹上書包肩帶起身。

路過陸星延的座位時她停了停。

陸星延正在喝水，一手搭著椅背，一手拿著礦泉水瓶，腦袋往上仰，脖頸完整地露出來，可以清晰看到喉結在上下滾動。

沈星若忽然出聲，「看在裴姨和陸叔叔的面子上，今天的事我不和你計較，但請你以後也有點不要給別人添麻煩的自知之明。」

陸星延覺得有些好笑，他放下水瓶，靠在椅背上，半偏著腦袋，「籃球的事情我都沒跟妳計較，妳還挺囂張。」

「籃球砸下來的時候離我不到三公分，對不起三個字你都學不會，還指望我扔回去給你嗎？」

沈星若目光冷淡。

陸星延和她對視三秒，忽然起身。

他很高，沒站直的情況下，她的腦袋都碰不到他的鼻尖，大概是抽過菸，身上還有淺淡的菸草味。

沈星若略感不適，下意識掩鼻往後拉開距離。

陸星延偏頭盯著她，又故意往前傾了傾，「妳裝什麼。」

沈星若：「……」

「妳不累我都替妳覺得累。」他從口袋裡掏出一包菸，然後抵著菸盒滑出一根，遞到沈星若面前，「打火機我就不拿了。」

思緒停滯三秒，沈星若回憶起她印象中兩人第一次見面的場景，終於懂了。

她看向陸星延，忽然反問：「你覺得打火機一定是用來點菸的嗎？」

陸星延挑眉，不置可否。

她垂下眼睫，將那根菸推回菸盒，聲音很淡，「我用打火機還能幫你的墳頭點香。」

第三章　魔術方塊

「……周姨昨天回來了，還帶了兩隻他們鄉下自家養的老母雞，我特地讓她熬成了湯，幫你們補補身體，從今天早上就開始熬，出門的時候啊，滿屋子都是香味了！」

裴月坐在副駕駛座嘮嘮叨叨，絲毫沒有察覺後座氣氛已然冰凍。

陸星延面無表情，滿腦子都是那句「我還能用打火機幫你的墳頭點香」，這話在腦海中浮現的次數多了，他竟然還產生了畫面感——

孤山野嶺小墳包，上頭豎著一個破破舊舊的小木碑，四周雜草蔓生。

沈星若把路邊買來的三根廉價線香插在他的墳前，然後拿出打火機，慢條斯理地一根一根點燃，接著冷笑一聲，起身拍了拍手上的灰，俐落地拔下他的小木碑，讓他連死去都不配擁有姓名。

「……跟你說話你這是什麼態度？陸星延！」

車停在紅綠燈前，陸山忍不住回頭訓斥。

陸星延回神，掀起眼皮看了他爸一眼，「什麼？」

裴月：「你爸問你上學期期末考試的成績。」

陸星延：「……」

明禮很人性化，為了讓學生安安穩穩度過寒暑假，每次期末考試的成績都是等下學期開學才公布。

這學期是開學第二天公布成績，表格貼在教室後面，足足三頁，非常詳盡，還囊括了單科年級排名、單科班級排名等不常計算的資料。

李乘帆自尊心還挺強，看到後氣憤地鬼叫，「學校想幹什麼！列這麼多是底褲都不給我們穿嗎！不這麼羞辱人的！」

本來大家沒太注意最後一頁墊底的幾位，他這麼嚎一嗓子，倒是有人特地翻到後面看了看。

嗯，這幾位真是每一科都發揮得相當穩定。

沈星若跟著聽試卷分析的課，也仔細看了一班的成績單，心裡略微估算，對明禮學生的水準，以及自己在明禮的水準有了初步瞭解。

從這次期末考試的成績來看，何思越和翟嘉靜在年級裡也算得上比較厲害，但總體來看，一班在三個文組實驗班裡，只能算吊車尾。

而陸星延，在一班也是貨真價實的車尾本尾。

見陸星延不出聲，陸山轉向沈星若，「星若，妳說，他考多少？」

沈星若默了默，「我沒太注意，總分好像是二九七？」

「三三七。」

陸星延忽然開口，還瞥了沈星若一眼，彷彿對她少報四十分這件事相當不滿。

陸山被哽了一下，忽然覺得自己就不該對不切實際的事情抱有多餘的幻想。

裴月的心態就穩多了，陸星延報完分數她還在專心修圖，頭都沒抬一下，臉上掛著「我早就知道他是什麼臭水準」的波瀾不驚。

晚上在家吃飯，飯後陸星延和沈星若各自回房，一晚相安無事。

第二天一早，陸山要飛去帝都，好像是有什麼急事需要處理，早餐都沒來得及吃就走了。

也不知道是湊巧還是掐好了時間，陸山前腳離開，陸星延後腳就從樓上下來，拎著書包肩帶，一副要出門的樣子。

裴月問：「一大早的，你要去哪？」

「同學生日。」

他隨手從餐桌上拿了一片吐司叼在嘴裡，又端起牛奶喝了兩口。

沈星若忽然頓住，盯著那杯牛奶，眼睛一眨也不眨。

陸星延注意到她的視線，看了看手中的牛奶，又無意瞥到桌上另一個空杯，忽然明白了什麼。

裴月倒是沒注意那麼多，只追著問：「你們班同學嗎？那你怎麼不帶若若一起去。」

陸星延故作平靜地放下牛奶，「高一同學，她不認識。」

裴月：「那你晚上還回不回來吃飯？」

「不回了。」

陸星延懶得多說，直接往外走，然後做了個揮手的姿勢。

「妳瞧瞧，這一天到晚不好好念書就知道在外面野，簡直沒有一點上進心！我和他爸年輕的時候明明不是這樣的呀，也不知道是像到誰！我遲早有一天會被他氣得滿腦袋白頭髮……」

沈星若安靜地聽著裴月碎碎念，不動聲色將那杯被陸星延玷污過的牛奶推遠了點。

其實陸星延沒出去多遠，今天是陳竹生日，早早就定下了要在別墅轟趴。

陳竹訂下的別墅就在落星湖這裡。

許承洲他們帶了食材和調味料，中午在別墅外的草坪自助ＢＢＱ。

陸星延也不知道在想什麼，手裡拿著串雞翅，在火上來來回回翻烤，都快烤焦了，也沒見他拿起來吃。

「陸星延你的雞翅都要焦了，在想什麼呢！」

陳竹和別人說話說到一半，注意到雞翅，對著陸星延喊。

陸星延這才回神，隨手將雞翅朝她一遞，「妳吃吧。」

陳竹往後仰了仰，滿臉嫌棄，「得了吧，我可不敢以身試毒。」

「竹姐妳可真是身在福中不知福，人家陸少爺紆尊降貴烤雞翅給妳，妳瞧瞧妳，都嫌棄成什麼樣子了。」

有男生調侃。

「怎麼，我還不能嫌棄了？」

「能能能，您今天可是壽星，您愛怎麼樣就怎麼樣。」

陳竹「嘁」了一聲。

今天生日，她特地穿了身紅色裙子，有些張揚的大紅穿在她身上倒是明豔得恰到好處。她的頭上還戴著生日小皇冠，開開心心和人說笑的樣子很是生動。

不知怎麼的，有人把話題又繞到了陸星延頭上，「欸陸大少爺，其實我們直接去你家不就行了，還搞這麼複雜，我找路都找了十分鐘。」

陸星延沒應聲，也沒抬眼，像是沒聽到般，將沒人要的雞翅隨手扔在燒烤架上，然後拉開一罐啤酒。

倒是陳竹插話道：「我過生日去他家幹什麼，你真是好笑。」

其實陳竹之前就在通訊軟體上和陸星延說過，這次生日直接去他家，這一幫人以前也經常去他家玩，她沒多想，就這麼提了提。

可陸星延卻回了句「不方便」，也沒說為什麼不方便。

她也就沒再提過這事。

燒烤吃到一半，又切了蛋糕，大家邊吃邊聊。

「一班來了個轉學生對吧，最近我老是聽人提到。」

「對，那個轉學生特別漂亮！」

邊賀在一班，實名認證道：「確實漂亮。」

「我記得好像叫沈星若，名字也怪好聽的。」

「欸，說起這轉學生我覺得奇怪，我去一班看了好幾次，每次都沒看到。」許承洲納悶，邊吃著烤肉串，邊用手肘頂了頂陸星延，「你覺得怎麼樣？」

這問題，陸星延起碼被問過十八遍了。

他漫不經心地看回去，「我說一句漂亮她是能當上全球選美的總冠軍？」

許承洲被噎到了。

沈星若能不能當上全球選美總冠軍這還說不準，但他現在就決定把陸星延提升至機車人排行榜第一。

下午大家唱歌的唱歌，打牌的打牌。

陸星延玩了幾局撲克牌，可許承洲太會糾結了，一張牌要老半天才能出來，他等煩了，將牌扔給邊賀，自己出門抽菸。

其實他的菸癮並不重，點燃一根，也是抽一半燒一半。

陳竹忽然從屋裡出來，雙手捧著手機，眼眶發紅，一看就不對勁。

他撣著菸灰，隨口問了句，「喂，妳怎麼了？」

陳竹頭都沒抬，一言不發往別墅外走。

陸星延本來不想動，可外面就是落星湖，一年隨隨便便也要淹死幾個不長眼的人，他按滅了菸，跟了出去。

走到別墅外，陳竹已經忍不住哭出聲，眼淚珠子也斷了線般往下掉，「他有女朋友了！他竟然這麼快就有女朋友了！嗚嗚嗚還在我生日的時候……在我生日的時候上傳合照！」

陸星延接過她的手機看了一眼，原來是她那棵青梅竹馬的小白楊在社群上秀了波恩愛。

陳竹：「肯定是這個女的發的！這是在向我宣戰！」

「妳想太多了吧，這一看就是男方的語氣。」

陳竹哽咽三秒，緊接著哭得更大聲了。

陸星延：「……」

很奇怪，這次他竟然沒有什麼特別的感覺，只覺得陳竹哭得讓人腦袋發疼。

他也不知道該說點什麼，畢竟出生以來就沒有點亮過安慰這一個技能，站了半天，也只有一句，「妳別哭了。」

陳竹根本沒聽見他說什麼，已經完全陷入單方面失戀的悲痛中，還越哭越起勁，越哭越投入。

陸星延無動於衷地站了兩分鐘，實在承受不住，打電話給許承洲，讓他趕緊找幾個女生出來。

等待的時間裡，陸星延還在思考人生的終極命題——我怎麼會喜歡過她？不，那應該不是喜歡吧。

其實最初是一群人玩真心話大冒險，陸星延被問到喜歡什麼樣的女生，他敷衍地說了幾個標準，然後被吐槽不真心，一定他說一個參照。

他腦海裡過了一圈，周圍沒那麼煩、能正常相處的女生好像就只有陳竹，於是就說了句，「陳竹那樣的吧。」

結果不知道怎麼回事，「陳竹那樣的吧」就被自動翻譯成了陳竹，幾個哥們三天兩頭安排戲份給他，慫恿他和陳竹單獨相處。

久而久之，他也像被洗腦了般，覺得自己應該是喜歡陳竹。

前段時間得知陳竹喜歡她的竹馬小哥哥，他還真情實感代入角色地覺得不爽，可第二天起床，他就完全接受了這個事實，並且決定不再單戀一根竹。

另一邊，沈星若午睡起來，練了一陣子琴，然後打算去圖書館自習。

市政府近兩年大力扶持城北落星湖區域發展，還將市圖書館遷到了這附近，從陸家過去，只需要步行七、八分鐘。

沈星若揹著書包，雙手插口袋，邊聽聽力，邊沿落星湖往前走。

忽然瞥見前頭有道熟悉的身影，她頓了頓。

是陸星延。

陸星延旁邊還有個女生，哭得撕心裂肺蓬頭散髮。

而陸星延只是半倚著樹幹吊兒郎當地站在那，冷眼看著。

乍一看就像渣男非要分手，女方悲傷過度並且還在強行挽留。

眼光不好是無法拯救的，沈星若沒想多管閒事，繞路走了。

陸星延晚上十一點多才回家。

沈星若剛好下樓喝水，見他疲憊懶散的樣子，聯想了一場你分手我挽留極耗精力的虐戀大戲。

週日兩人都待在家裡，連眼神交流都沒有。沈星若覺得這樣很好，並且希望以後可以一直保持下去。

可傍晚返校，她就從石沁那裡聽到了一個不太美好的消息：「星若，明天我們要換座位了，座位表在群組裡，妳看了嗎？妳和陸星延坐一起欸！」

第三大組第六排。

陸星延，沈星若。

真的是鄰居。

沈星若盯著安排表看了三十秒，目光下移至座位表最後一行小字上，「注：本學期座位請按每週往後挪一排、往左挪一組的順序自行輪換。」

換句話說就是：少拿坐後排看不見的理由來辦公室嘮嘮叨叨，大家前後左右都能坐到，公平得很。

順便，這學期妳的鄰居不會變了。

週一天晴，不到七點，陽光就從天邊綻開金色光芒，天光敞亮，路旁香樟樹葉被照得青翠欲滴，三月初的星城，好像終於有了點春天該有的樣子。

沈星若一向是堅決貫徹落實睡到最後一分鐘的起床政策，精準壓線到校。

至於早餐，都是帶些麵包、牛奶，下課的時候隨便吃一點，草草應付。

今天她難得和石沁、翟嘉靜一起，早早出門去吃早餐。

因為她聽說明禮週一不上早自習，要去操場開朝會。朝會一站就是半個小時，如果不吃東西，她可能會暈。

從出門起，石沁就不停嘮叨，「我是造了什麼孽啊，竟然還要和她坐一個學期，每天在寢室見到她我都快煩死了！妳們瞧瞧她今天早上那個態度，簡直了，她三更半夜講電話還挺有道理！」

石沁抱怨的是李聽。

昨晚李聽在寢室和別人講電話，講到凌晨一點，石沁提醒了好幾次，讓她小聲一點，李聽每次都說「知道了」，然後將聲音壓小，可沒說兩句，又恢復了原來的樣子。

最後石沁受不了，從床上坐起來，生氣地朝她大喊了一句，「李聽，妳別講電話了！」

李聽當下就不高興了，掩著聽筒，語氣不善地反駁道：「我不是都已經小聲說話了嗎？妳之前補作業補到三更半夜我都沒說什麼，存心找我麻煩啊！」

石沁：「我補作業的時候都特地拉了簾子，還把光對著裡面，而且我也沒發出聲音，妳能不能憑良心說話！」

眼見戰火一觸即發，翟嘉靜連忙從被窩裡坐起來，從中調停。

兩人也顧忌宿管老師，最後各退一步，這才沒大半夜的鬧出什麼事。

結果今早，李聽六點就起床了，在寢室裡乒乒乓乓，故意弄得很大聲，出門的時候她們還沒醒，她「砰」的一下甩上門，將睡得最死的沈星若都吵醒了。

「李聽是有一點任性啦，妳別氣了，她平時人也挺好的。」翟嘉靜溫溫柔柔地勸。

「她那叫任性嗎！本來就不合群，老愛陰陽怪氣的，好像我們一班多委屈她似的，她那麼喜歡跟三班那群女生玩在一起，幹嘛不申請轉到三班去，就妳們兩個脾氣好，還忍著她！」

翟嘉靜是脾氣好，即便被李聽吵得睡不著，也不會和她吵起來。

但沈星若純粹是因為戴著耳塞、眼罩，睡得早了點，這一連串的動靜她根本就沒聽到。

說話間三人已經走到學校附近最受歡迎的一家店，店內坐得人滿為患，老闆娘還在騎樓前不停加桌子。

石沁：「老闆，我要一個木耳肉絲，加虎皮蛋！」

翟嘉靜：「我要三鮮粉條，加一個煎蛋。」

老闆掂著漏勺撈粉條，隨口問：「都是扁粉條吧？」

「對。」

沈星若第一次來這家店，石沁和翟嘉靜點東西的時候，她還在看店內紅底白字的菜單。

兩人點完了，她才看好，「我要肉丸蒸蛋的米粉。」

話音未落，身後遠遠就響起一聲，「老闆，肉丸蒸蛋，鹼麵。」

老闆抬頭，「喲，肉丸蒸蛋只有一碗了，這位同學先點的，小帥哥你點其他的吧，其他的都還有。」

沈星若回頭，正好對上陸星延的視線。

陸星延早就認出了她的背影，正好整以暇地盯著她。

沈星若覺得有些莫名其妙，這樣盯著，她就會把肉丸蒸蛋讓出去嗎？

不可能的，別做夢了。

她收回目光，回到自己桌子。

奪人所好的東西似乎格外美味，沈星若吃完，難得地發表了一次正面評價，「這家店味道不錯，以後可以常來。」

陸星延坐在她身後那桌，退而求其次點了個牛肉麵，本來吃得好好的，聽沈星若說這麼一句，忽然就沒了胃口。

許是因為今天要換座位，大家都到得特別早，教室裡滿是桌椅拖拉的聲音。

沈星若和陸星延坐在一起，完全沒有其他新鄰居之間熱絡交流的氣氛。

平心而論，她能和說自己裝模作樣的人交流什麼，他又能和要幫自己墳頭點香的人交流什麼？

交流如何裝得更為優雅？哪種香更受陰曹地府歡迎嗎？

既然彼此相看兩厭，那不如不看。

好在周圍還有認識的人。

何思越座位換到了沈星若前座，李乘帆換座位換到陸星延隔壁組，中間只隔了一條走道。

朝會過後回教室上課，第一節是英語，英語老師 Miss 周比較喜歡活躍的課堂氣氛，上課的時候特別愛提問，也特別愛讓同學們互動交流。

課上到一半，Miss 周又拋了個「Idol Worship」的話題讓隔壁兩人互相討論。

談起偶像崇拜大家可有話說了，教室內一時熱鬧非常。

Miss 周還下到座位巡查，走到沈星若和陸星延旁邊時，只見兩人都在本子上寫寫畫畫，全然沒有交流，於是問：「你們怎麼不討論？」

沈星若眼裡滿是「我和他能討論出個屁」的漠然，可抬頭看向 Miss 周時，她又回答道：「我們已經討論好了。」

Miss 周沒有多說什麼，看了他們一眼，繼續往前走。

等討論結束，她就叫了陸星延起來，念他們討論的內容。

沈星若頭都沒抬，只將本子推到了陸星延桌上。

既然「討論好了」這話是她放出去的，那陸星延被叫起來回答問題，她還是有義務提供一份答案給他。

她覺得飯都嚼碎了，餵到他嘴邊，自己這個鄰居已經仁至義盡了。

可萬萬沒想到，這位少爺連念都不會念。

「we had a he⋯head⋯⋯這是什麼？」

「⋯⋯」

這是你爸爸。

Miss 周下意識就去看沈星若。

沈星若倒還淡定，和 Miss 周對視一眼，又看了看陸星延。

可能是沈星若給人的印象太好，Miss 周硬是從她那一眼中看出了「我什麼都不知道，明明剛剛都討論好了，他也許失憶了吧」的無辜。

於是這事還沒拿起，就直接被放下了。

說來奇怪，換好座位的這兩天裡，沈星若和陸星延也不知道造了什麼孽，上課被點名回答問題的頻率高到令人髮指。

有時是叫陸星延，有時是叫沈星若，還有的課直接來個混合雙打。

國文老師張嬌上完課，順路去社會科辦公室，蹭蹭王有福的茶葉。

泡上茶，她像想起什麼新鮮事般忽然說道：「欸，你班上轉來的那個女生，叫沈星若的那個，挺漂亮啊，和陸星延坐在一起可真是養眼。」

她喝了口茶，又說：「而且他們的名字還特別配！」

「是吧！我排座位的時候不是用那個隨機軟體嘛，本來沈星若是坐在陸星延前面，嘿！我一看這兩個的名字放一起還挺好看的，就稍微動了動。」

王有福捧著保溫杯，語氣還挺自得。

沈星若正好幫前任鄰居阮雯搬社會科作業，剛走到門口，就聽見王有福後半句話，半晌無言。

傍晚，夕陽在天邊暈染成深深淺淺的黃，晚風和煦。

吃完晚飯，沈星若和石沁、翟嘉靜一起回教室上晚自習。

這週六是三八婦女節，近幾年也不知道怎麼回事，突然又流行起一個三七女生節，緊接著又演變出了女神節、仙女節等各種稱呼。

石沁打聽到了各班男生準備女生節的多個小道消息，一路上說得很興奮。

沈星若漫不經心地聽著，回到教室稍作休息，就開始寫作業。

晚自習鐘聲響起的時候，她眼前忽然蒙上一層淺淺的陰影。

陸星延回來了。

和他當鄰居的兩天裡，沈星若從沒見他來上過晚自習，這下子不由得多打量了兩眼。

他大概是剛打完球，額角還滴著汗，回到座位就靠在椅背上大口大口喝水。

雖然出了汗，但他身上並沒有什麼奇怪的味道，反而總帶著一種似有若無的青草香，那氣味聞起來很乾淨。

其實他長得也蠻好看的，身上又有股很強烈的少年感。

不然以他這差到天邊的個性，應該也不會有女生喜歡他了。

這兩眼看得有點久，等她回過神，發現陸星延正用一種「看什麼，沒看過帥哥嗎？要不要再湊近看得仔細一點」的眼神回望著她。

她神色稍頓，淡定地收回目光。

其實陸星延不想上什麼晚自習，但已經有人跟他通風報信，今晚會有人檢查。

他雖然不怎麼熱愛讀書，但也很少讓班上的每月評分增加負擔。

百無聊賴地翻了一會兒書，他瞥見李乘帆桌角放著一個魔術方塊，順手拿了起來。

李乘帆正在看小說，沒注意。

十分鐘後，沈星若寫完一科作業，目光不經意間瞥向陸星延，忽然頓住。

陸星延那副漫不經心擺弄魔術方塊的樣子，乍一看有點像深藏功與名的隱世高手，可仔細看個十秒鐘就會發現——他屁都不懂。

陸星延態度一如既往，「看什麼看。」

「……」

「看我的魔術方塊。」

我的，魔術方塊。

陸星延停下手上動作，朝李乘帆椅子踢了一腳。

李乘帆嚇一跳，差點以為被王有福抓包了，「你他媽嚇死我了……」

陸星延懶得廢話，晃了晃魔術方塊，「你的？」

「不是啊，我瘋了啊我又不會玩……」他壓低聲音說，「找你鄰居借的，這不是找機會說話嗎，她人還挺好，我說想玩玩她就直接借給我了……」

陸星延沒說話，又踹了一腳他的椅子，然後將魔術方塊扔給沈星若。

沈星若以前學鋼琴，一直有活動手指的習慣，後來不學了，她也會在寫字寫累了之後玩玩魔術方塊，放鬆一下指關節。

她剛從桌上拿起魔術方塊，值班老師徐安強就背著手，臉色陰沉沉地出現在了教室門口。

徐安強的極品事蹟不少，學生常常背地裡吐槽他，又因為他是個光頭，就有人幫他取了個外號叫「光頭強」。

光頭強直接往裡走到陸星延和沈星若的桌前，大聲教訓道：「我在監視器裡一直盯著你們兩個！玩了足足十分鐘！現在還在玩！你們倒是挺投入的啊！」

其實他在監視器裡只看到陸星延在玩，只是等他走到一班，魔術方塊已經到了沈星若手裡，他就將沈星若一起算進去了。

光頭強是理組班教數學的，教的幾個班還都是實驗班，對文組班有種天然的輕視，「玩就算了，我在監視器裡欣賞了十分鐘也沒見你們玩出朵花來，有本事拚出個六面我也就不說什麼了！」

陸星延以前就和他有過節，這時眉頭都沒皺，直接站了起來，「不關她的事。」

他很高，隨意地那麼一站，沈星若就被他擋在了身後。

「不關她的事，那她……」

話音未落，沈星若忽然將魔術方塊放到桌上，也站了起來，「老師，拚好了。」

光頭強下意識去看，只見剛剛還亂七八糟的魔術方塊，這時六個面已經復原，養老般安安靜靜地躺在桌面上。

不知道是被沈星若速轉六面的技能震住了，還是履行「我就不說什麼了」的承諾，光頭強半天都沒吱出一聲。

恰巧晚修第一節下課鐘響起，沈星若很有禮貌地點了點頭，「老師，沒別的事，那我就先去洗手間了。」

說完，她繞開光頭強，直接往外走。

光頭強站在那，硬是沒接上一句能找回場子的話。

等到光頭強離開，安靜如雞的一班忽然炸開了鍋：

「我靠沈星若太神了！」

「我是不是瞎了，剛剛沈星若是不是當場打光頭強的臉了？」

「天呀！她膽子竟然這麼大，我還以為是什麼小軟妹，真看不出來……」

「四階魔術方塊耶，她速度這麼快……什麼腦子、什麼手速？」

陸星延盯著魔術方塊，有些出神。

盯到最後，眼神還難得地帶上些興味。

晚自習結束。

回寢室的路上，石沁扒著沈星若不放，「嗚嗚嗚星若，我宣布妳已經是我的女神了！我的媽呀！妳沒見到光頭強那一臉傻眼然後回不過神顫顫巍巍往外走的樣子！不知道為什麼我看了覺得特別爽！」

倒是翟嘉靜有些擔心，看向沈星若，說：「徐老師該不會明天來找妳麻煩吧。」

沈星若還沒開口，石沁就理直氣壯接道：「怕什麼！他自己說的，能拚回六面他就不說什麼了，我們全班同學可都聽見了呢。」

翟嘉靜欲言又止。

身後忽然傳來一幫男生嘻嘻哈哈的聲音，三人下意識回頭看，正是一班的男生們。

陸星延在最中間，也不知道在聊什麼，他臉上難得地帶著笑意。

沈星若是第一次見他笑。

他略略偏頭，細碎瀏海垂在額前，笑起來唇角微微往上，隱約可以看到他的牙齒白而整齊，彷彿並未受抽菸影響。

平日裡他對誰都顯得有點冷淡，可笑起來的時候，整個人好像變得溫和了，襯上那張過分好看的臉，活脫脫就像漫畫裡走出來的帥氣少年。

男生也注意到她們。

有人見是沈星若，大膽地朝她吹了聲口哨，「女神厲害！」緊接著就有人跟著起哄，「女神吃不吃麻辣燙啊！請妳吃！」

「我也請！」

「吃你媽吃，不健康！」李乘帆削了一下那兩個男生的腦袋，又對沈星若調侃，「若姐我請妳喝礦泉水，最適合妳這樣養生小仙女了。」

正是回寢時分，男生們的喊話吸引了不少人注意，石沁無語，朝他們嚷嚷，「李乘帆、趙朗銘你們煩不煩！」

李乘帆樂了，「又沒請妳，妳激動什麼。」

他順口補了句，「靜姐，妳的我也請了！」

石沁就是見不得他這賤兮兮的模樣，手裡的礦泉水還剩三分之一沒喝完，直接朝李乘帆扔了過去——

也許是目標過於活潑上躥下跳，又或許是夜色濃重影響發揮，石沁這水瓶扔過去，在空中劃出一條神奇的弧線，然後——直奔陸星延的面門去了。

完了完了……

石沁瞬大了眼，盯著即將與陸星延帥氣臉蛋親密接觸的礦泉水瓶，隱約間彷彿看到了自己停在太平間的小屍體。

「砰」地一聲！

四周寂靜。

……欸？

陸星延，伸手接住了。

空氣靜默兩秒，陸星延將接下來的礦泉水瓶又拋了回去。

他拋的力道很輕，只是準頭不太好，礦泉水瓶直直地飛進了沈星若懷裡。

一旁的翟嘉靜愣了兩秒，忽然抿了抿唇。

晚自習統一戰線的經歷並沒有讓陸星延變得友好起來，次日上學，他和沈星若仍然保持著互相降低溫度企圖凍死對方的狀態。

週三晚上，班長何思越將班上所有男生都拉到一個群組裡，討論後天女生節送禮物的事情。

陸星延打開聊天軟體的時候，群組裡已經討論得熱火朝天了。

有男生提議說，買蠟燭挺好，到時候在女生宿舍底下擺成心形點燃，對女生們唱歌。

說著還傳了個網購的頁面截圖，買一套還免運費，便宜划算，同一個城市剛好週五就能到，簡直不能更實惠。

陸星延打開截圖看了一眼，頁面上大喇喇地寫著「表白必備愛心蠟燭」，他看了看銷量，竟然已經有一萬多個蠢蛋買了這東西企圖找到女朋友。

好在贊同這個方案的並不多。

『太寒酸了，又不差錢。』

『宿舍樓下能不能順利點上蠟燭還是個問題呢，可能蠟燭還沒擺完，保全叔叔就來了。』

『對，而且這也不實用，我看還是買點吃的比較實在。』

陸星延沒再往下看，反正只要不是點蠟燭唱歌這麼丟臉的事情就行。

等他洗完澡再看手機，群組裡好像已經定好了禮物，開始討論送禮方式了。

陸星延沒往前翻，只看到何思越說，班上剛好二十八個男生二十八個女生，不如就一對一送禮物。

這話一出，班上男生們爭先恐後地瘋狂講話，內容還差不多都一樣：

『那我要送給沈星若。』

『我要送給沈星若！』

『翟嘉靜！』

『我也送沈星若。』

『沈星若是我的！』

陸星延哂了聲。

好像在群組裡爭贏了就能和那隻白孔雀結婚似的。

幼稚。

大家吵吵嚷嚷，可也沒辦法全都送給同一個人，於是何思越提議抽籤決定，有想交換的到時候自己換也可以。

何思越將女生們的座號寫在紙上揉成紙團，然後叫男生們到寢室抽籤。

陸星延和邊賀過去的時候剩下的紙團已經不多了。

陸星延隨手拿了一個，展開。

五十六。

「延哥抽到五十六，誰的座號是五十六？」

「五十六？」

「我靠，五十六是沈星若吧。」

沈星若是轉學過來的，座號自然是加到最後，對著點名冊一看，還真的是沈星若。

陸星延沒什麼表情。

李乘帆攬住他的肩膀問：「欸，你要不要跟我換，我抽到翟嘉靜，反正你跟沈星若關係也不好，跟我換啊。」

「誰跟你說我和她關係不好？」

「這還用說？你們兩個一副誰先主動說話誰就能當場暴斃的死樣子，我他媽又沒瞎，快點，跟我換。」

「換你媽。」

他甩開肩上搭著的手，吊兒郎當地往寢室走。

週五這天，學校裡女生節的氣氛很濃。

明禮的校訓裡有一條是開放自由，所以不管是傳統節日還是西洋節日，學校都允許學生發揮創意，在不干擾教學進度的情況下自行慶祝。

沈星若剛進學校，就見紅色橫幅們迎風飄揚。

從布告欄到操場到教學大樓外牆，到處都掛著橫幅，不仔細看還以為是舉行什麼抗議活動。

其實明禮和滙澤一中很不一樣，沈星若在滙澤的時候，連元旦晚會都沒見過一次，滙澤也是要求學生必須住校，但寢室就在學校裡面，食堂也在學校裡面，所以沒有特殊情況，大家是不能出校門的。

在匯澤，能讓人稍稍放鬆的事情，只有每個月兩天的假期。

看到明禮過女生節這麼熱鬧，沈星若還有些意外。

一班的男生們也寫了橫幅給女生們，畢竟是文組實驗班，不能在這種用文字說話的場合丟了面子。

「書香路裡燈初上，誰惹眾人望。一班殊美廿八人，正是二八華年滿庭芬。」

石沁念了一遍之後說：「欸，我們這個還可以啊！比六班從網路上學的那什麼『不能帶妳去浪漫的土耳其，但能送妳一隻小豬佩奇』要強多了，他們那個太土了！」

翟嘉靜仰著頭看了一遍，「好像還是用的《虞美人》的詞牌名。」

石沁：「那這肯定是何思越他們幾個想的，風格太正常了，正常到我都不敢相信是我們班的男生了！」

沈星若沒說話，但深以為然。

昨天放學前，國文老師張嬌找沈星若要了作文本，說是要打到電腦上，到時候印出來，收錄到下一期的優秀作文裡。進教學大樓後，沈星若和翟嘉靜、石沁分開，先去了國文科辦公室拿自己的作文本。

從辦公室出來的時候，早自習的上課鐘正好響起。

走廊裡空無一人，沿路教室陸陸續續傳出早自習的聲音。

沈星若往一班走，經過教學大樓入口時，她聽到腳步聲，下意識往那方向望了一眼。

來人身型高瘦，被明禮學子吐槽為「喪服」的黑白色校服穿在他身上也十分好看。

是陸星延。

他臂彎裡夾了個粉色禮物盒，手裡還拿了一枝玫瑰花。

見到她，他似乎並不驚訝，略一挑眉，然後逆著清晨的光，懶洋洋地朝她走來。

「喂，沈星若。」

「給妳。」

他沒多想，直接將東西遞出去，算是交差。

沈星若怔住了，還沒來得及接，身後忽然傳來一聲怒吼，「光天化日這是在幹什麼啊！還有沒有把這裡當作是學校了！」

兩人整齊劃一往後面看。

很好。

又是光頭強。

光頭強見是他們兩個，思緒又被拉回被砸了場子的那個晚自習，頓時怒上禿頭，指著他們劈頭蓋臉就是一頓臭罵。

他語速太快，沈星若只依稀聽到「早戀違反校規」、「丟了學校的臉」、「文組班就是爛泥扶不上牆」等一連串關鍵字。

動完口他還動上了手，趁陸星延不注意，上前一把沒收了他手裡的罪證。

玫瑰花不夠，他還要當場打開那個粉色禮物盒，試圖從中找出情書這種辨無可辨的鐵證。

粉色禮盒一打開，沈星若就看到了熟悉的字眼。

光頭強不知道是得了失心瘋還是怎麼了，竟然連上頭的字都沒看，就去扯包裝。

下一秒，世界寂靜了。

第四章　你豈不是很沒面子

「老師，這是我們班統一準備的女生節禮物，您沒收這個是想當鞋墊嗎？」

陸星延覺得好笑，雙手插在褲子口袋，偏著頭調侃。

光頭強臉色紅一陣白一陣，眼神裡寫著滿滿的：「不！這不是我要的罪證！」

陸星延特別欠扁，還用眼神示意了一下一班的方向，「您去我們班搜一搜，能搜幾十包出來，一年的鞋墊都齊了。」

這時候的一班不像其他班老老實實在早自習，吵吵嚷嚷的，臺上班長壓都壓不住。

女生們收到玫瑰花時，還覺得她們班男生挺貼心。

可打開禮物，就覺得他們班男生實在是太無恥了！女生節禮物竟然送衛生棉！

光頭強喘氣不順，見他們班早自習還這般旁若無人、動若瘋兔，總算找到了理由，站在門口，手背在身後，把他們班瘋狂羞辱了一頓。

王有福聽見動靜過來，光頭強又朝王有福告了一狀，順便把之前晚自習玩魔術方塊的事情也跟他講了。

不知是誰在底下說了句，「徐老師自己說能轉回六個面他就不說什麼了，沈星若一下子就轉好了。」

緊接著就有同學發笑。

不怕事的男生們跟著附和，「對啊，徐老師自己說的。」

都是同事，王有福也不是不知道光頭強是什麼狗脾氣，但畢竟是老師，面子還是要給一給。

「我都說多少次了，早自習的時候不要討論無關的事情。一年之計在於春，一天之計在於晨，這春天的早晨，你們怎麼不讀書呢？」

王有福語速慢，念經似地念了半分鐘，才說出這麼一句聽起來沒什麼毛病，但好像也沒什麼卵用的話。

王有福是學校裡出了名的護短，自己班上的學生再不聽話，也只能自己教訓。

他當了五屆文組班班導，平時看起來和尊彌勒佛似的，硬起來還在年級組長辦公室摔過杯子。

光頭強也不指望他當著自己面教訓一班學生了，轉而盯緊陸星延和沈星若找碴。

王有福也是給足了面子，清咳兩聲，故作嚴肅，對陸星延和沈星若說：「陸星延、沈星若，你們怎麼能在晚自習的時候玩魔術方塊呢！雖然魔術方塊是個益智又鍛煉腦力和手速的好東西，那也要下課的時候才能玩啊。」

「還有，陸星延，你怎麼能在徐老師拆了那東西之後，才告訴他那是什麼東西呢，早點說，不就沒有這麼多誤會了嗎？」

陸星延從善如流，點了點頭，又轉向光頭強，「對不起，徐老師，其實我也不知道裡面是衛生棉，我應該在路上先看一眼禮物的，這樣您拆開衛生棉之前，我就能先提醒您這是衛生棉了。」

說完還鞠了一個躬。

班上爆發出一陣哄笑。

光頭強被他這左一句衛生棉右一句衛生棉氣得快要一佛出世二佛升天，鼻子不是鼻子、眼睛不是眼睛地對王有福哼了聲，背著手就噔噔噔轉身，上樓了。

班上同學還在笑。

王有福看了陸星延和沈星若一眼，沒說話，往講臺上走。

忽然，「砰」一聲！

——王有福那萬年不離手的紅色保溫杯重重地拍在了講桌上。

「你們自己看看！像什麼樣子！」

王有福神色不復剛剛和藹，開口就是一聲響徹教學大樓的教訓！

沈星若從沒見過王有福這樣。

一班同學不是第一次見，就那麼一瞬間，班上同學全都收起了笑，坐直了身體，安靜如雞。

「這屆高二二十五個班，九個文組班，三個文組實驗班！分班的時候，你們的水準在文組實驗班裡應該是第一的！現在呢！每一次都給我考倒數第一！你們還有本事早自習給我嘻嘻哈哈！你們不覺得羞恥，我都覺得羞恥！」

「我知道高中辛苦，從來就沒有對你們的成績有過什麼過高的要求，考不好是能力問題！但不好好學，是態度問題！」

「你們自己看看自己現在這樣，哪裡有一點實驗班的氣氛！你們叫什麼實驗班！上學期期末平均成績，只比人家四班高一分！四班是個普通班！考成這樣你們有什麼臉嘻嘻哈哈頂撞老師！考成這樣你們升學考能考出什麼成績上什麼大學！」

王有福每一聲質問都直擊一班同學們的靈魂，班裡安靜得厲害。

訓完班上所有人，王有福又將炮火轉移到門口的陸星延和沈星若身上：「還有你們！」

「陸星延，晚自習玩魔術方塊你還挺有道理！成天吊兒郎當的！你把你那囂張模樣給我收一收！我是你的班導，不是你爸媽，不會寵著你的臭脾氣！」

「沈星若！妳是匯澤一中來的資優生，平時表現也不錯，我知道這事跟妳沒什麼關係！」

「但是我為什麼安排妳跟陸星延坐在一起？就是希望妳能給陸星延做做榜樣！妳沒給他做榜樣還跟著他一起氣老師，這是一個好學生應該做的事情嗎！」

老師你在辦公室不是這樣說的……

沈星若想起王有福在辦公室說起座位安排時的自得，有點出戲。

倒是陸星延難得站直一次，安靜地聽王有福訓話，眉眼間也沒有了平日裡的桀驁不馴。

可能是訓沈星若那幾句有點虛，王有福過了過腦子，也沒了要繼續罵的氣勢，最後扔下一句，「你們給我站在外面上早自習！」然後就氣呼呼地離開了。

沈星若從幼稚園讀到高中，這是第一次被罰站。

她倒沒什麼好學生突然被教訓、無地自容到想要立即去世的羞憤之情，只是一大早遭了無妄之災，她開始後悔沒有吃點早餐墊墊肚子。

她向來不能久站，尤其是早上沒吃早飯的時候。

以前高一軍訓，她為了多睡幾分鐘，沒吃早餐就去早訓，結果站軍姿站一刻鐘就暈倒了。

這時見她的面色不太好，陸星延很快幫她想像出了很多情緒，眼光餘光瞥了瞥，他問：

「喂，妳還好吧。」

「不太好。」

這是什麼套路，一般不是要強撐著倔強點點頭？

陸星延還沒反應過來，沈星若就自顧自蹲下去了。

見她蹲下抱膝，腦袋往裡埋，陸星延以為她在哭。

……這事跟她一毛錢關係都沒有，做了十多年眾星捧月的優等生，突然被老師罰站，自然是覺得又委屈又丟臉。

話說回來，沈星若遭殃還是因為他。

想到這，陸星延就有點不自在了。

左右望了望，沒人。

他掩唇，清咳一聲，緊接著捲起手上的書，拍了拍沈星若肩膀，「喂，別哭了。」

見沈星若沒反應，他站了三秒，然後也蹲了下去，故作不經意道：「這次妳是被遷怒了，班上同學都知道，不用覺得丟臉。」

還是沒聲音。

「如果有人議論，我就叫他們閉嘴，這樣總行了吧。」

沈星若終於出聲了，「……你先閉嘴吧。」

陸星延：「……」

沈星若蹲下緩了緩，已經覺得好多了，抬頭呼吸一下新鮮空氣，她又站起來，繼續看書。

陸星延沒再多說什麼，但已經認定她死要面子正在強撐其實心裡早就難過到逆流成河了。

不止陸星延這麼想，班上大多數同學都這麼想。

罰站結束，平時和沈星若關係好的說過話的女生都上前安慰。也有男生過來安慰她，還有李乘帆這樣的耍寶逗她開心。總之就是沒有人相信，她真的只是因為站在那不舒服才臉色不好看。

經過這麼一件事，陸星延總覺得自己欠沈星若一點東西，也就不好再對她擺出一副彼此最好永不來往的死樣子。

其實沈星若除了扔他籃球、要在他墳頭點香，也沒做過什麼實際招惹過他的事情。

最初看她不順眼，是因為覺得她裝，人前人後兩副面孔。

再者當時他因為陳竹的事情，心情不太好，家裡忽然又有陌生人入侵，還是一面優秀發亮的鏡子，把他的不學無術照得分外具體，他的不爽就更上一層樓了。

可現在看來，其實第一條要成立有點勉強。

沈星若對大部分的人都很友好，但對挑釁她的人簡直囂張得表裡如一，儼然就是白孔雀牌嗆聲機，哪裡不服嗆哪裡。

作為一名不太成功的挑釁者，陸星延對沈星若稍有改觀，但對她的態度還是很難一下子一百八十度大轉變。

沈星若發現，最近陸星延好像友好了許多。

想了想，大概是因為兩人有過共同罰站的經歷，這位大少爺還站出了惺惺相惜的罰站之誼。

她和陸星延本來就沒有什麼深仇大恨，況且她還住在陸家，能和平相處最好不過了。

於是她勉強接受了陸星延最近幾天強行釋放的善意，鄰座關係說不上從南極回到熱帶，但至少是回到了溫帶。

週四。

早上出門的時候，翟嘉靜想起一件事，和沈星若商量道：「星若，我今天當值日生，但今天要去參加學校的班級幹部會議，我能和妳換一天嗎？」

沈星若想都沒想，直接答應了。

其實週四值日生打掃對她和陸星延比較好，這樣劉叔不用在外久等。

一進教室，她就問了原本週四打掃的男生，問他願不願意換一天。

男生瘋狂點頭，就差沒把今天的工作也一起攬下來。

等陸星延到教室，她又和陸星延說了一下。

陸星延昨晚不知道做了什麼偷雞摸狗的事，眼睛都打不開，渾身散發著睏倦的氣息。

聽她說話，只敷衍地「嗯」了兩聲。

沈星若又問了一遍，「你聽清楚了嗎？」

他趴在桌上補覺，聲音懶洋洋的，「打掃，知道了。」

週四最後一節課是公民，王有福講了習題本上的模擬試題。

下課時，還要阮雯把習題本收上去，可能是要看看大家上課有沒有認真做筆記。

沈星若幫阮雯一起送習題本。

等她回來，教室裡除了幾個減肥不吃晚飯的女生，其他人都走光了。

陸星延和他桌子底下的籃球也不見了。

沈星若在座位旁站了一下子，沒什麼表情，轉頭拿了掃把掃地。

傍晚餘暉在天邊鋪成一道道金霞。

籃球場，中場休息。

陸星延出了一身汗，邊撩衣角擦汗，邊往場邊走。

有小學妹已經等了好一會兒，見陸星延過來，紅著臉上前遞水。

他胸腔上下起伏著，臉上卻沒太多表情，拒絕的聲音也冷冷淡淡，「不用了。」

許承洲見多了這情況，也不以為然，扔了瓶自己帶來的礦泉水給陸星延，自己也擰開一瓶，「怎麼回事啊陸大少爺，今天狀態不行啊。」

陸星延隨口說：「不知道，總感覺忘了什麼事，但怎麼也想不起來。」

「你是什麼金魚腦——」

礦泉水瓶直接扔了過去，「你他媽才金魚腦。」

正說著話，陸星延隨意一瞥，忽然看見不遠處有個女生，手裡拎著黑色垃圾袋，背脊挺得很直，往籃球場的方向走。

沈星若？

陸星延目光一頓，倚靠臺階的身體站直了一點。

沈星若越走越近，最後停在他的面前。

她沒說話，神色很淡，當著陸星延的面，把垃圾袋翻轉，扯著垃圾袋一角，將裡頭的東西全倒了出來，還前前後後均勻分布，倒了小半個籃球場。

「三四大組和講臺的垃圾，掃吧。」

籃球場短暫地陷入死寂。

「我靠這女生是在幹嘛？」

「這美女不是上次叫陸星延打掃的那個嗎。」

「就是她，好像叫沈星若，就是前段時間大家都在討論的那個轉學生。」

「就是她啊，她是不是跟陸星延幹上了？」

「噗！不是！哥們你這樣說話很有歧義啊……」

不遠處其他男生回過神，壓低聲音討論，神情還挺興奮。

而站在陸星延旁邊的許承洲在經歷過「我靠這女生好漂亮」、「我靠這女的瘋了」、「我靠這小妹妹哪裡來的」一連串情緒之後，大腦出現了短暫的空白。

緊接著，他忽然又覺得，這位美女，似曾相識。

大概好看的人總是千篇一律，許承洲剛開始也沒多想，可看了一會兒之後，他實在忍不住，在被凍到零下三十度的僵硬氣氛裡，悄悄摸出了手機，打開相簿。

一旁的陸星延始終沒說話。

夕陽光線有些刺目，他半瞇著眼，打量沈星若，過了一會兒，又朝沈星若走近。

沈星若一百六十五公分，在女生裡也算正常身高，但陸星延比她高了差不多二十公分，站得近了，他要略略低頭才能與她對視。

陸星延第一次這麼近距離打量沈星若。

她皮膚白皙，沒有瑕疵，輪廓線條並非能給人凌厲美豔視覺效果的深邃型，反倒是溫潤柔和，可她大多數時候不笑，映襯著自身的清冷氣質，很容易給人一種距離感。

見陸星延沒什麼表情，沈星若已經做好被拎衣領，然後被放狠話——「掃你媽掃」的心理準備了。

就在這時，陸星延點了點頭，「行。」

沈星若等了一會兒，沒等到下一句「妳給我等著」，這才想到這聲「行」好像就是字面上的意思。

「靠……」

許承洲站在一旁，目光在相簿照片和沈星若本人之間來回打轉，忍不住發出一聲感嘆。

「欸，美女，妳……」

沈星若連眼神都沒給他一個，不發一語，轉身走了。

許承洲兀自沉浸在激動中，沈星若走了，他又一手抓著手機，一手拉住陸星延，分享自己剛發現的新大陸。

「欸欸欸，這不是高鐵上那個潑人水的美女嗎？你還記不記得，人家用了你的水還給了錢，你看這照片，就是她！原來她就是沈星若啊！這是什麼緣分！」

陸星延面無表情，「給我找個掃把。」

「什麼？」

「掃把。」

於是，當天傍晚路過籃球場的學生都看到了這樣詭異的一幕：明禮赫赫有名的金盛大少爺陸星延，竟然拿著掃把在掃籃球場。

他高高瘦瘦的，掃地的姿態有些漫不經心，夕陽落在背後，籃球場上只留下他頎長的剪影。

沈星若吃完飯回去上晚自習，在操場邊聽到路過的女生討論：

「那是不是高二的陸星延？」

「還真的是……他是在掃地嗎？我的天哪。」

還有女生不知道陸星延是誰，好奇地問：「那男生很有名嗎？」

「妳竟然不知道，他爸是金盛的董事長。」

「噢噢……就是他呀，我聽人說過。」

金盛是星城的房地產企業龍頭，在全國也是排得上號的大房地產商，不說瞭解，名頭擺在那，總是耳熟的。

在明禮，好的家庭背景是標準配備，大學教授、企業高管大家都司空見慣，只有特殊背景和特別有錢的才能在家世這一塊引人側目。

女生腳步放緩，繼續討論：

「太離奇了，為什麼在他身上我看到了『改邪歸正』四個字。」

「他哪裡邪了，欸，妳不覺得他掃地的樣子很帥嗎，長得好看的人，連掃地都特別的與眾不同。」

沈星若往操場看了一眼。

是挺與眾不同的，正常人十分鐘能掃完的地，他掃了半個小時還沒掃完。

晚自習的時候，天色已黑，月亮從雲層裡透出稀薄的光，偶有星點，閃閃發亮。

這週輪換座位，沈星若和陸星延換到了第四大組最後一排，也就是最角落的位置。

沈星若打開窗。

初春夜晚的風很溫柔，書頁被吹動，發出輕微的沙沙聲，窗外樹葉也發出細小的拍打聲響，枝葉輕搖，對面大樓明亮的燈光也變得一晃一晃。

晚自習第一節課，沈星若寫完了作業，第二節課她打算用來練數學題。

沒想到，第二節晚自習剛打鐘，陸星延就拎著書包肩帶，鬆鬆垮垮地進來了。

直到陸星延在她右邊落座，她都沒寫出一個字。

——這位少爺存在感太強了。

沈星若打量兩眼，發現他好像回宿舍洗了澡，頭髮細軟，鬢角處還沒吹乾，身上有很乾淨的青草沐浴乳味道。

陸星延扔下書包，說：「我忘了。」

見她沒反應，陸星延不耐煩地又重複了一遍，「我忘記了，不是故意的。」

噢。

他在說掃地。

沈星若想了想，問：「吃飯了嗎？」

陸星延望了她兩眼，似乎覺得這話題有點跳脫，可他下意識就回答了，「沒。」

沈星若放下筆，從書包裡拿出一個三明治，擺到他桌上。

「什麼時候買的。」

陸星延瞥了一眼。

「昨晚，保存期限有三天。」

這是沈星若幫自己準備的早餐，但今天起得早，她和翟嘉靜、石沁一起去外面吃了，也就沒有吃上。

陸星延倒沒多加嫌棄，拿起三明治左右看了看，然後撕開了包裝。

沈星若：「上課不要吃東西。」

陸星延挑眉，「那妳還給我？」

沈星若：「你可以下課吃。」

陸星延輕哂了一聲，靜默三秒，還真的把三明治放下了。

一節晚自習四十五分鐘，沈星若寫完了一張試卷，陸星延則睡了足足四十分鐘。

下課鐘響起的時候，他還沒清醒，靠著椅背，自顧自揉了一把頭髮，又打呵欠。

等清醒過來，他揹上書包，拿起三明治，然後瀟灑地走了。

這位少爺來上晚自習，該不會就是要說一句「忘記了」吧。

沈星若正在收拾筆袋，見他這樣，手下動作稍頓。

前幾天王有福在班上發了頓火，之後課照上，但一直沒給他們什麼好臉色。

過了一週，王有福的氣終於消了，他回想了一下，也發現罰沈星若好像有點沒道理，於是上課的時候又將沈星若大誇特誇了一番。

大概是神志不清，沈星若連一次成績都沒有，他就開始說沈星若拿市長獎宛若囊中探物了。

有王有福領頭，再加上一票老師吹捧，沈星若轉學過來不久，優等生的人設就已深入人心。

三月下旬，明禮高二年級迎來了本學期的第一次月考。

從這學期起，大大小小的考試就不再限定範圍了，頂多是目前複習的部分多考一些，還沒複習到的部分少考一些。

考前石沁緊張到不行，「聽說這次數學題目是光頭強出的，光頭強出題可變態了！我還記得高一第三次月考的試卷是他出的，全年級及格率不到百分之三十！」

「沒事，妳不會的話，大部分的人也都不會，放輕鬆一點。」翟嘉靜一如既往很會安慰人。

「話是這麼說沒錯，可我媽說了我數學要是再不及格她要扣掉我一半的生活費！」

石沁邊說邊算數學題，可越算越算不明白，瞬間焦慮到頭快禿了。

見沈星若已經上床做仰臥起坐，她抬頭問：「星若，做仰臥起坐難道會比較不緊張？」

沈星若停下，仔細思考了一下子，「理論上來說有可能，身體比較累的時候，妳也沒有時間用來緊張。」說完她補了句，「不過我只是打算睡覺了。」

這下連翟嘉靜和李聽都忍不住回頭看她。

翟嘉靜：「星若，妳不打算再看看書嗎？這次國文是國文科組長出題，她出的古文賞析都很難。」

沈星若做完一組仰臥起坐，將被子鋪開，「還是算了吧，我已經睏了。」

李聽有點好奇，「沈星若，聽說妳以前在匯澤一中經常考年級第一？」

「也沒有經常。」

她的理化、生物並不算最好，在理科競賽生都有一百多人的匯澤一中，這三科題目如果出得難一些，就會拖她後腿。

高一她只有兩學期的期末拿過年級第一，高二進文組後，倒是一直第一了。

見沈星若已經淡定躺下，李聽還想開口追問，可一時又忘了自己想要問什麼。

涉及考試，學校的效率總是很高，考場提前兩天就安排好了。

沈星若作為轉學生，有幸上了光明頂，坐在最後一個考場的最後一個座位。

陸星延也在最後一個考場，不過他是憑實力坐到了第一組第一的位子。

這麼一看，他也算是明禮諸位敗家子中比較精英的存在了。

考場安排發下來的時候，陸星延看了一眼沈星若的座位，說：「我和妳同個考場。」

沈星若「嗯」了聲。

陸星延又說：「不過我坐第一組第一個，妳坐最後一組最後一個。」

「……」

沈星若瞥他一眼，也不知道是不是錯覺，她竟然從陸星延身上，看到了點莫名其妙的優越感。

考試當天，沈星若一如既往睡到壓線才出門。

她邊喝牛奶邊聽英語聽力，在校門口還遇上了陸星延他們寢室的男生。

陸星延寢室四個人，除了邊賀，其他三個都在光明頂考試。

有人看到她，連忙招呼道：「欸，若姐，一起走、一起走。」

沈星若看了一眼彷彿還沒睡醒的陸星延，點了點頭。

男生又說：「若姐，這兩天考試，我們可全靠妳了！」

沈星若沒出聲。

旁邊男生接話道：「對對對，其實我們考多少無所謂，關鍵是我們要有集體榮譽感，丟自己的臉沒關係，反正也不是第一次丟了，但不能丟了我們王老師的臉啊，若姐您說是不是？」

「王老師的臉，你們也不是第一次丟了吧。」

沈星若看了他們一眼。

然後好像聽到陸星延輕笑了一聲。

也不知道是不是聽錯了，下一秒就見陸星延削了一下兩人的腦袋，懶聲道：「抄你媽，自己寫。」

……陸星延倒是出乎意料的高風亮節。

高風亮節是件好事，可看他那一臉「我他媽能考滿分」的樣子，沈星若總覺得有點迷離。

說話間，幾人進了教學大樓。

在他們身後，是初春湛藍的天空，白雲悠悠前行，有一團橢圓狀的雲像烏龜，旁邊一團神似兔子。

在今日這片青空，常年賽跑的龜兔，擁有了同樣的行進速度。

這次六個科目分兩天考，時間給得比較充裕。

可考到最後一科英語的時候，大家都已經有點疲憊了。

開考前五分鐘，沈星若還在玩魔術方塊活動手指。

陸星延在和旁邊男生聊天，不經意往她的方向望了一眼，只見她前座的男生身體往後轉著，單方面地和她聊著天，也不知道在說什麼，沈星若連個眼神都沒給。

「……欸，延哥，你在看什麼？」

陸星延目光未移，隨口問：「那男的哪個班的？」

男生往後望，「那個啊，六班的陳滔，我們上一屆留級的，他還休學了半年，這學期才複學。」

說著，男生壓低聲音八卦道：「好像是把他們班一個女生搞懷孕了，那女生家裡也不是好惹的，找人打了他一頓，打到他粉碎性骨折，必須休養，這才休學的……」

這邊八卦還沒說完，那邊不知道怎麼回事，沈星若突然將魔術方塊往那叫陳滔的男生臉上一扔，站了起來。

她站得很直，眼神很冷。

陳滔是典型的好了傷疤忘了疼，這兩天考試，見自己後面坐了個沒見過的漂亮妹妹，之前被揍碎的色膽又拚拚湊湊復原了不少，時不時就往後撩一撩。

可沈星若都沒正眼看他一下。

見她這麼高冷，這又到了最後一堂考試，陳滔憋不住，開了兩個難以入耳的黃色玩笑。

本以為她會惱羞成怒開口罵他兩句，或者還是會冷著一張臉，忍過最後一堂考試。

萬萬沒想到，這漂亮妹妹一言不合「唰」地一下就是一個魔術方塊扔過來了！

沈星若沒控制力道，魔術方塊砸到陳滔臉上，砸得他半邊臉都沒了知覺。

陳滔先是傻了後是震驚，等他捂著臉反應過來，開口就下意識地來了句國罵，「我操你媽！」

陳滔人高馬大的，長相又很意識流，看起來有點兇神惡煞，而且他罵完還站了起來，一副要跟女生動手的架勢。

陸星延坐在第一大組，離他們有些遠，這時略略偏頭，起了些興味。

其實以沈星若要幫他墳頭點香的囂張模樣，要是是個男的，他當時早就揍過去了。

可是他有修養，不跟女生動手。

這陳滔看起來就沒什麼修養了。

說實話，他還挺想看看沈星若這次打算怎麼應對的。

他眉頭半挑，打算看場好戲。

忽然，不遠處冷不防傳來一聲喊——

「陸星延，他要打我。」

旁邊的男生反應比他還快，「延哥，他要打你同學，還不快去！」

直到擋在沈星若面前、按住陳滔想要打下來的手，陸星延還有點不在狀況內。

——這他媽太不真實了。

不過陳滔並沒有看出他這點不在狀況，在陳滔看來，陸星延這時面無表情，顯然是要為了馬子發飆的前兆。

他雖然是留級的，但也聽過陸星延的大名。

聽說陸星延打架很凶，但似乎並不熱衷於打架鬥毆，也不跟外面混的玩在一起，圈子裡都是些家庭條件特別好的敗家少爺。

他之前念高二的時候聽說過陸星延和人打架，挑事的也是學校裡的不良分子，以為這新生只是個有錢沒膽的金貴小少爺，上去搞人家，結果被打成了傻子，還被退了學。

想到這，陳滔問：「陸星延，這是你女朋友？」

陸星延沒說話。

陳滔當他默認，點了點頭，「行，我知道你。我剛回來上學，不想跟你動手，你早說是你女朋友，也就沒這事了。」

說完他還朝沈星若抬了抬下巴，「美女，不好意思，對不起啊。」

陳滔話音剛落，考試預備鐘就響了。

監考老師拿著試卷袋往裡走，扶了扶眼鏡，清咳兩聲，「馬上開考了，大家把考試不相關的東西都放到講臺前面，回到自己座位坐好。」

陸星延剛好也不知道要說什麼，將陳滔的手往旁邊一甩，回頭看了沈星若一眼——

這次是真的拋了個「妳給我等著」的眼神給她。

沈星若一如既往，特別淡定。

兩個小時後，英語考試結束。

在最後一個考場，是不存在考完討論答案這種事情的，考場內一片解放的歡呼，沈星若還在收拾東西，就已經聽到有男生在討論去哪個網咖打遊戲了。

收拾完，她拿上書包，準備離開考場。

走過前門時，陸星延還癱在座位裡不動，手裡轉著筆，微微偏著腦袋看她。

「喂，沈星若。」

沈星若看他，「有事？」

陸星延：「妳不打算說點什麼嗎？」

「說什麼？」

「又裝。」

沈星若想了想，「哦，謝謝。」

然後她就走了。

陸星延還在轉筆，手指稍一停滯，筆咕嚕嚕地轉到了地上。

他看著沈星若離開的背影，那種不真實的感覺在眼前再次浮現。

不過他也不急，今天考完，兩人還要一起回家，他總能討到個說法。

在三樓樓梯間，沈星若剛好遇上了石沁和李聽，之前互不理睬的兩人正在對答案。

都是十六、七歲的女生，又住在同一個寢室，沒什麼要死要活的深仇大恨，隔兩天氣消了又玩到一起，再正常不過了。

看到沈星若，石沁忙連拉著她一起討論，「欸星若，英語那個作文到底是要我們寫什麼啊，我都沒看懂題幹。」

「就是根據圖畫內容，幫 Peter 寫一封來我國留學的申請信。」

石沁：「啊？我以為是讓我總結 Peter 在留學期間的成果呢！完了完了！」

李聽：「沒事，妳寫滿了也會給分的，我上個學期期末的作文也沒看懂題幹，最後還給了我七分。」

說完，她看向沈星若，「欸，沈星若，妳覺得這次考試難嗎？」

沈星若：「還好。」

李聽：「那妳覺得考得怎麼樣？」

沈星若思考了一下，「還可以。」

李聽沒再說什麼，只是撇撇嘴。

三人走到樓下時，身後傳來女孩子的笑聲，回頭看，李聽眼前一亮，很熱情地朝人招呼道：「陳竹！余萌萌！錢嘉月！」

見是李聽，三個女生也招呼了聲，但並沒有特別熱情，也沒有和她多說，很快又繼續自己的話題，往外走了。

沈星若覺得中間那個丸子頭的女生有些眼熟，但她記人實在一般，看了好一會兒也沒想起到底在哪見過。

見她盯著陳竹的背影出神，李聽開口道：「那個是三班的陳竹，以前在明禮國中部就很有名，她和陸星延他們關係很好。」

陸星延。

石沁自然也知道陳竹，忍不住八卦了一下，「聽說他們那群人寒假去海邊玩了，欸，她到底有沒有和陸星延交往啊，我還聽說前段時間陳竹生日，陸星延也去了呢。」

提起陳竹生日，李聽就有點不自然。

她連禮物都準備好了，滿心以為陳竹會邀請她。

但是沒有。

李聽岔開話題不想聊陳竹生日，沈星若卻已經想起來了——

這位似乎就是上次被陸星延渣了，然後在落星湖邊哭天搶地求複合的小少女。

看這春風滿面的樣子，不是已經複合，就是光速走出了陸星延給她帶來的情傷。

不過沈星若更傾向於第二種。

最近與陸星延坐一起，他每天擺著那張「我還能再睡四十八小時」的臉，實在不像戀愛中的小少男。

劉叔早早將車停在書香路轉角等人。

沈星若先回了趟寢室，上車時，陸星延已經癱在後座打遊戲了。

隱約間聽見一聲「Victory」，陸星延將手機往旁邊一扔，轉頭瞥她。

沈星若和他對視一眼，然後和室友們傳訊息，聊了好一會兒，她發現陸星延還在盯著她，於是問：「有事嗎？」

陸星延開門見山，「那男的要打妳，妳喊我幹什麼？」

沈星若眼都沒眨，「我們是同一班的，我還是你鄰座，住在你家，我被打了，你豈不是很沒面子。」

陸星延：「……」

沈星若臉上看不出任何與心虛有關的情緒，說得坦坦蕩蕩就像真的似的。

陸星延卡了兩分鐘，總覺得哪裡不太對勁，想說些什麼，可對上沈星若那一臉理所當然的表情，又什麼都說不出來了。

第五章　期中考

家裡，裴月早早就讓周姨做了一桌豐盛的晚餐，他們的書包還沒放下，裴月就招呼著他們洗手上桌。

兩人落座吃飯，裴月先是噓寒問暖了一番，然後又問起月考，「若若，考了兩天，都累壞了吧？」

沈星若：「沒有，考試安排還是比較寬鬆的。」

裴月：「那題目難不難？」

沈星若：「還好，不是很難。」

裴月點點頭，「噢……那若若妳覺得考得怎麼樣？」

沈星若：「應該還可以。」

沈星若很有耐心，裴月問什麼就答什麼。

裴月還想再問，陸星延倒先不耐煩了，「別聊了，先吃飯行不行？」

裴月：「又沒問你。」

「……」

陸星延被裴月那「不用問也知道你考不了幾分」的眼神給哽住了。

裴月又輕聲細語地繼續和沈星若說話，「若若啊，妳課業壓力也不要太大，考試什麼的，能正常發揮就好了。」

沈星若「嗯」了聲，見裴月還沒動筷，於是說：「裴姨，我幫妳盛碗湯吧。」

裴月正思考著怎麼自然地引到要說的話題上，心不在焉笑笑，又點了點頭。

等沈星若盛好湯，她笑容滿面地接了碗，似不經意道：「今天妳陸叔叔到了匯澤，跟妳爸爸碰了面，妳爸爸聽說妳在這邊一切都好，也安心了不少呢。」

沈星若動作稍頓。

陸星延也覺得這話有點怪怪的，下意識抬了眼。

不過片刻，沈星若又繼續夾菜，「噢，爸爸的婚禮準備好了嗎，最近學校課比較多，大概不好請假，我就不回去了。」

裴月一聽這話，本來預備好的說辭都卡在喉嚨，然後原路吞了回去。

陸星延本來喝湯喝得好好的，忽然覺得哪裡不對勁，一不留神被嗆到了，他手肘撐桌，猛咳了幾聲。

沈星若看都沒看，自顧自夾菜吃菜，神色自然。

但就是，太自然了。

飯後，沈星若回房放書包。

見她身影消失在樓梯間轉角，本來還癱在沙發上的陸星延忽然坐直，「媽，什麼婚禮，沈叔結婚？」

裴月正為著這事焦頭爛額，白了陸星延一眼，訓：「你一個男的不要這麼八卦！」

沒等他接話，裴月又自顧自湊上來，和他小聲碎碎念了半晌。

聽完，陸星延老半天沒出聲，只是往樓上望了一眼。

這個週末過得相當平靜，沈星若除了吃飯會出房間，其餘時間都待在房裡。

裴月找藉口往裡面送了兩次牛奶，可沈星若也沒做別的，就很正常的在寫試卷。

裴月總覺得不踏實。

陸星延一說，她才恍然大悟——哪有剛考完就瘋狂寫試卷的。

很快又到週日晚上返校。

因為週日晚不用上晚自習，明禮的宿舍大樓分外熱鬧。

沈星若帶了周姨準備的煎雞翅。

本來她和陸星延一人一盒，可陸星延懶得洗碗，在路口下車時，將自己那盒也扔給了她。

沈星若沒客氣，將兩盒都帶到了女生寢室。

石沁吃得最開心，一邊感嘆世間美味就該如此，一邊又為明天出成績瘋狂焦慮。

不止石沁，沈星若從女生宿舍走廊走過時，還能聽到有女生在對答案，有女生哀嚎著說「明天要出成績了，怎麼辦好緊張」之類的話。

很奇怪，不知道是不是因為有更讓她在意的事情哽在心頭，她一點緊張的情緒都調動不起來。

週一天晴。

在操場聽了半個小時朝會，大家回教室的路上大多都在討論上週的月考。

明禮效率驚人，副班長今早去辦公室找王有福的時候，成績就已經出來了。

批改過的試卷疊在辦公桌上，成績單也正在列印，只是王有福暫時還不讓看分數。

一整個上午，大家都有些心不在焉。

下午上課前，地理老師路過一班，手裡拿了一疊試卷，他老人家在門口往裡探了探，然後毫無徵兆地叫了小老師，說手裡那疊是月考試卷，已經改完了，讓她發下去。

班上一下炸開了鍋！

緊接著，國文老師和英語老師也都叫了小老師去辦公室拿試卷。

三科試卷發下來，教室裡嘰嘰喳喳吵吵嚷嚷。

「你考多少？」

「這分數可以啊，國文能考這樣已經很高了！」

「我地理怎麼才七十八？」

沈星若也拿到了試卷，她前後看了看，沒什麼情緒波動，很快就將其塞進了抽屜。

她的鄰座同學和她神同步——面無表情看了看滿試卷紅通通的扣分標記，然後將試卷往抽屜裡頭一塞。

旁邊李乘帆國文破天荒考了個及格，興奮大喊，「靠我及格了！老天顯靈了！延哥、延哥，你考多少？」

陸星延用看傻子的眼神看了他一眼。

李乘帆笑容凝固，很快又乾笑兩聲，不死心地指了指他旁邊的沈星若，用氣聲問：「女神呢？」

這次看傻子的眼神已經轉換為看死人的眼神。

陸星延一直沒跟沈星若講話。

畢竟是出成績這麼敏感的時刻，他一句話沒說好，說不定就要被這白孔雀用成績花式羞辱。

沈星若也沒和陸星延講話。

準確來說，她今天就沒跟誰多講兩句話。

見她坐在座位上安靜寫題目，周身散發出一種「我不想開口」的冷淡氣息，本來還有人想問她考多少分，可都不好意思靠近。

下午第一堂課是數學，數學老師梁棟進教室時，手裡也拿了一疊試卷。

大家還翹首期盼他叫小老師發考卷，沒想到等到上課鐘響，他直接喊了聲，「上課！」

這熟悉的聲音……

一班同學頓時菊花一緊。

沈星若並沒有注意到大家神色的變化，只是坐下時，她聽到後座同學說：「完了完了，梁老師要自己發試卷了。」

那又怎樣。

梁棟：「月考成績已經出來了，我先發一下試卷，叫到名字的同學，上來領一下。」

「何思越，一四二，還不錯。」

「翟嘉靜，一四零。」

「許偉，一三五。」

沈星若好像明白了什麼。

梁棟發試卷，是按照成績發的。

對考得不好的人來說，能算得上正經八百的凌遲處死。

「李佳琪，一二七。」

「周宇成，一二零。」

陸星延打呵欠，似是不經意地瞥了沈星若一眼。

一路叫到「石沁，一零八」，都沒有聽見老師報沈星若的成績，這下不止陸星延，不少已經拿到成績的人都開始小聲討論了。

「沈星若，九十。」

沈星若沒什麼表情，起身去拿試卷。

可全班同學都驚呆了！

數學一百五十分滿分，按百分比計算比例，九十分才剛剛及格，沈星若才考了個及格？

陸星延瞌睡都醒了。

往沈星若領回來的試卷上一瞥，的確是一個鮮紅的九十分。

「段江禾，七十四。」

「陸星延，六十八。」

大家心裡不約而同飄過一行字：連陸星延都考了六十八……

這堂數學課不少人都心不在焉，一下課，王有福又親自拿了成績表過來，站在門口，叫何思越把成績貼到教室後面。

這意味著不用算分了。

所有分數都出來了。

班上再次炸開了！

何思越本來想問問沈星若，因為他覺得沈星若不至於只考這樣，可王有福一找他，他又沒時間多問。

拿著表格往後走時，何思越快速掃了一眼。

如他所想，第一頁第一行就是他的成績，班級排名第一，年級排名第二。

明明也不是第一次考班上第一了，不知為何，何思越心裡卻莫名鬆了口氣。

可他往後看，怎麼也沒看到沈星若。

翻到表格第二頁，他才在中後段看見沈星若的名字。

都是很平淡甚至還有點差的成績。

何思越順便掃了一眼名次——三十三。

這在一班最多算個中游。

沈星若轉來這一個月，經過各位老師的大肆誇讚和同學們口口相傳的表揚，大家已經自動自發地把她抬到了一個很高的位置。

不止一班，另外兩個實驗班的資優生們也很好奇，這位被傳得神乎其神的模範生到底能考出什麼驚天地泣鬼神的成績。

成績表一貼出來，幾乎所有人看完自己的分數，都會自動自發去找沈星若的分數。

嗯……

這成績，確實也挺，驚天地泣鬼神的。

「什麼情況，怎麼只考了這樣，是不是閱卷出問題了。」

「那也不可能所有科都出了問題啊，而且這又不是一分、兩分的事情……」

「不是說她在匯澤一中是資優生嗎？」

「匯澤和我們明禮怎麼能比，可能全校水準都比較差……」

「不至於吧，匯澤也很好啊……」

班上同學看完，都忍不住小聲議論。

沈星若轉來明禮一個月，可以說是出盡了風頭，再加上她本身容易給人距離感，早就有些女生看她不爽。

比如她的室友李聽。

這時坐在離沈星若不遠的地方，李聽毫不避諱地和人聊道：「……我也以為她能考個什麼年級前三之類的呢，她考試之前都不複習的，看起來特別自信，可能以為我們明禮的難度和他們那小學校差不多吧。」

「真是服了……」

有女生不屑地瞥了沈星若一眼，說：「我平時看她很目中無人的樣子，還以為是什麼學霸，這成績也太慘了……匯澤有差到這種地步嗎？她這名次放普通班最多也就十幾名，實在是講得太誇張了。」

「對，現在看起來就特別尷尬……」

沈星若下課沒起身，就在座位上看書，不遠處的討論自然也飄進了她的耳朵。

其實大部分人都沒出教室，暗中在觀察她的動靜。

——可她完全沒有動靜。

別人的討論她好像也沒聽到似的。

除了看她笑話的，其實也有不少人想上前安慰，可感覺沈星若這時候不會想被人安慰，所以都只遠遠看著，沒過去。

就連何思越也欲言又止的從前座轉回來看了幾眼。

陸星延去了趟洗手間，回教室時成績表那還圍了不少人，他沒湊熱鬧，可光從別人的討論聲中，他也知道沈星若考成了什麼樣。

他百無聊賴地嚼著口香糖，回到座位玩手機。

沈星若沒理他，他也沒理沈星若。

可前面那幾個女的真的太煩了，說個沒完，好像羞辱了沈星若她們就是全校最閃亮的那顆星似的。

他聽了兩三分鐘，忽然意興闌珊地丟下手機，將面前試卷揉成一團，往前一扔，懶懶散散道：「我說妳們幾個，什麼驚世駭俗的水準啊，還有完沒完了？」

他的聲音並不大，可話一出，班上所有同學都整整齊齊地望了過來。

那幾個女生臉色都不太好看，小聲嘟囔了幾句，不敢跟陸星延硬槓，回到各自座位悄無聲息地閉嘴了。

其他議論也倏然停下來，下課時的教室一下子安靜得有些不像話。

這安靜沒持續多久，上課鐘響了。

陸星延瞥了沈星若一眼，她還是那副安安靜靜不聲不響的樣子。

看起來就像很傷心很委屈但還是要故作堅強，實在是讓人有點……不忍心？

他回神，咳了兩聲。

在老師喊起立的時候，他站起來，腦袋稍稍往旁邊偏，「一次沒考好沒什麼的，妳看我，從來就沒考好過。」

「……」

沈星若望了他一眼，眼裡滿滿都是「我都淪落到要和你這種成績鏈底層生物做對比了嗎？」

可陸星延把她的眼神默認成了，對他這番安慰的無聲感激。

這節課沈星若又沒說話，老師講解試卷，她也沒怎麼動筆。

整個下午，大家都在私下議論沈星若的成績。

畢竟這看起來已經不是陰溝裡翻船，而是海裡沉船了。

石沁下課的時候忍不住來找她，沒提成績，只是來喊她一起去洗手間。

沈星若點點頭，起了身。

去洗手間的路上，石沁也在刻意迴避成績的事，假裝什麼都沒發生，只和往常一樣抱怨了幾句，哪家的菜最近做得越來越不好吃了，哪家的飯分量越來越少了。

石沁能夠不提，可沒辦法堵住別人的嘴，讓所有人都不提。

兩人在廁所隔間時，有女生進來洗手，以為裡頭沒人，說話沒什麼顧忌。

不巧，被她們聽了個正著——

「欸，妳們班那個沈星若，聽說考得不怎麼樣啊。」

「嗯，是挺一般的，在我們班好像都排到三十多名了。」

沈星若聽出來，這是一班某個女生的聲音。

「喊，我瞧她那踐上天的架勢，還以為她能考年級第一呢，就這水準竟然還和何思越一樣拿了模聯大會的最佳代表，也不知道家裡什麼背景。」

女生說得挺大聲，「我們年級裡男生也真是讓人無語，明明也沒有美得多麼驚世駭俗，還把她誇得和天仙似的，我就不喜歡她這種，看起來真的好作做啊！」

「嗯……她主要是太高冷了。」

女生碎碎討論半晌，關掉水龍頭，談話聲隨著腳步聲漸漸變得模糊。

石沁從隔間出來，臉色很不好。

被議論的主角倒看不出什麼特別情緒。

石沁：「星若，妳別聽她們的，那個二班的楊芳嘴特別賤，她之前還暗地裡說過靜靜的壞話，就是見不得別人優秀！」

沈星若垂眸，安靜洗手。

石沁仍然很氣，「好多人都知道，她從高一起就暗戀我們班何思越，大概是看何思越和妳走得近，看妳不爽。」

「我什麼時候和何思越走得近了。」

沈星若忽然出聲，有些疑惑。

「難道不是嗎？妳們之前就認識，而且平時也經常討論題目什麼的……之前何思越還幫妳一起打掃呀。」

石沁愣了愣，滿臉理所當然。

這就叫走得近……那她住陸星延家怎麼算。

沈星若有些無言。

下午放學，沈星若沒什麼胃口，沒和石沁她們一起去吃晚飯，她去了趟辦公室，然後直接去操場跑步。

三月底的傍晚，黃昏已經遲來不少，五六點鐘，仍舊天光晃晃。

這時是吃飯時間，操場跑道上人不多，沈星若戴著耳機跑完兩圈，心裡已經輕鬆許多。

當她準備跑第三圈的時候，籃球場那邊毫無徵兆地有球往她這邊飛來，砸在離她四、五公尺遠的地方，然後慢慢滾到了她的腳邊。

沈星若往籃球場的方向望去。

籃球場那邊叫小操場，離塑膠跑道所在的大操場有段距離，遠遠相望，只能勉強看清身影。

倒是男生們的聲音響徹大小操場，分外清晰，「美女，把球扔過來一下！謝謝！」

沈星若半瞇著眼打量那群人，沒動。

許承洲擦了擦汗，邊喘邊說：「欸，不會又來個把我們的球扔垃圾桶的吧，她是聽不見嗎，我去拿算了。」

陸星延也稍有些喘，往那邊望了一眼，忽然說：「我去。」

陸星延走近的時候，沈星若早已看清來人。

她撿起籃球，輕輕一拋。

「謝了。」

陸星延很輕鬆地接了下來，隨手在地上拍了拍，又將球夾在臂彎裡。

沈星若點點頭，打算繼續跑步，可見陸星延好像還沒要走的打算，她又問：「還有事嗎？」

陸星延用手摸了摸後脖頸，一邊想說點什麼，一邊又想著避開成績這個話題，可也不知道是哪根筋搭錯了，他忽然來了句，「妳爸婚禮，妳真的不去？」

「……」沈星若沉默了一會兒，輕描淡寫，「我去幹什麼，看別人是怎樣帶著拖油瓶來跟我分家產的嗎？」

陸星延發現不對，又換了話頭，「對了，妳這次考試怎麼了，妳應該不至於考那麼差吧，是不是被前座那傻子影響了，我看妳平時挺用功的。」

話說出口，空氣安靜三秒。

陸星延閉了閉眼。

很好。

不開的壺就要整整齊齊都提起來。

沈星若微仰起頭看他，沉吟片刻後說：「其實我覺得，我考得挺好的。」

沈星若：「我還要跑一圈，不說了。」

她往後退了退，然後轉身，重新開始跑步。

陸星延在原地站了一會兒，看著沈星若的背影，也不知道在想什麼，拍著球回到籃球場。

晚上，陸星延破天荒地又來參加了一次晚自習。

教室安靜，大多數人都在訂正考試的錯題。

晚自習第二節快要結束的時候，王有福忽然來了一趟班上，敲了敲門板，毫無預兆地說：

「欸，何思越，你把這個重新計分的表換到後面去，沈星若的鉛筆有問題，選擇題好多都沒讀卡讀出來，已經人工批改過了。」

一班的小雞仔們全都仰起了腦袋。

門口的王有福很有操守，雖然一臉滿意，但並沒有提前劇透。

何思越回神，上前接過新的表格。

如他預感中那般，這次第一行已被更新。

沈星若：語文一三三，數學一五零，英語一四九，歷史九十三，公民九十三，地理一百，總分七一八。

年級排名：一。

班級排名：一。

和排在第二的他，總分足足拉開了四十一分。

一班同學們還有點沒反應過來，在細想王有福這話的意思，什麼叫做好多選擇題都沒讀卡出來？這是什麼魔幻劇情。

不多時，下課鐘聲響起。

大家幾乎是不約而同地放下筆往教室後面跑。

「我靠……七一八！」

「年級第一欸！」

「我記得之前公布的年級第一是二班的王子悅吧，六八七？」

「是六七八，比何思越高一分。」

「我的媽呀，沈星若數學和地理都是滿分，那她數學六十分的選擇題都沒讀出來吧，難怪只有九十……」

陸星延沒起身，只往後看了看，差不多也聽清楚大家在說什麼了。

沈星若還在寫數學模擬卷，除了王有福站到門口的時候抬了一下眼，其餘時候都在唰唰唰算題目。

陸星延拿筆敲了敲她的桌子，「喂。」

「別吵。」

她正算到最後一道大題，解題過程繁瑣，她又習慣心算，經不住干擾。

陸星延不知道，又得寸進尺拿筆敲了敲她的腦袋。

沈星若忽地一停，偏頭看他，「你想死嗎？」

陸星延：「……」

等了三分鐘，沈星若終於寫完了最後一題，她放下筆，圍觀完成績的小雞仔們也都跑了過來。

李乘帆臉上是浮誇的驚訝，過來就占了何思越桌子，往後轉著朝沈星若嚷嚷，「若姐妳也太強了，妳的總分好像剛好是延哥兩倍啊！」

陸星延操起沈星若桌上的魔術方塊就往他臉上扔，「你少嘴賤兩句是會死？」

李乘帆腦子不大行，手腳倒是挺靈活，往旁邊一偏，躲得很快。

石沁從後面抱住沈星若脖子，嚷嚷著要她把試卷拿出來給她觀摩觀摩。

沈星若不太習慣這種女生間閨密式的親近，但沒拒絕，從抽屜裡找出試卷，遞給了石沁。

石沁如果做主持人，也是捧哏高手，看到試卷當即就睜大了眼，「妳的國文作文竟然有五十八，這是什麼神仙作文！」

「我看看、我看看！」

不少人湊過去看，然後哇嗚哇嗚一陣吹捧誇讚。

何思越也看到了沈星若的數學試卷。

這次數學試卷除了最後一道大題，其他部分都不算難，何思越自己只解出了第一小題，第二小題快結束的時候有了些想法，只是已經來不及寫了。

可沈星若全部都答出來了，卷面工整漂亮，答題步驟不多不少，就像精準掌控了閱卷老師的心，每個得分點都寫得清清楚楚。

看完，他心服口服。

只有之前看沈星若笑話的女生，在教室後面看完成績全都安靜如鹽焗雞，默默回座位，拿了書包就走。

石沁和李乘帆兩人，儼然就像當紅明星社群底下的粉絲小分隊隊長，你一句我一句，吹捧得圍觀的小雞仔們連連點頭。

是是是。

粉頭大人說得對。

回寢室還要排隊洗澡洗漱，大家沒在教室逗留太久。

石沁回座位收拾書包，沈星若的作業都寫完了，也沒什麼可收拾的。

人散開，陸星延拿起沈星若桌上的試卷看了看。

難怪她晚自習不用訂正。

——她根本就沒錯幾題。

「可以啊，大小姐。」

陸星延輕哂調侃。

沈星若：「我說了，我覺得我考得挺好的。」

陸星延：「……」

那時在操場，他還以為她是悲傷到不願意接受事實，已經語無倫次了。

沈星若把包裡還沒喝的牛奶拿了出來，邊用吸管戳孔邊問：「你白天的時候，為什麼幫我說話？」

「什麼？」

「李聽她們。」

沈星若把牛奶拿起來準備喝，順便轉頭看了他一眼。

想起來了。

「噢，我不是為妳出頭，妳別誤會。」

沈星若：「……」

誤會什麼。

可下一秒，手裡忽然空了。

「妳是我的鄰座，還住我家，被人那樣討論，我豈不是很沒面子。」

陸星延單肩勾上書包，晃了晃手裡牛奶，吊兒郎當地往外走，「行了，明天見。」

沈星若回寢室時略有些晚，因為石沁說她考了年級第一，要請吃宵夜。

沈星若沒吃晚飯，牛奶又被搶了，剛好有些餓。

和石沁一起吃完宵夜，兩人還在學校旁邊的文具店逛了一下，回宿舍的時候離熄燈只有半小時了。

李聽正在敷面膜。

見她們進來，李聽瞥了一眼，招呼都沒打，又繼續低頭玩手機，也看不清面膜下到底是什麼神情。

翟嘉靜今天沒和她們一起走，說頭痛，早早就回寢室了。

這時她已經戴好眼罩躺在被子裡，看樣子是睡著了。

寢室裡一時安靜得有些詭異。

石沁原本因為和李聽坐隔壁，最近關係緩和不少，可今天李聽在班上和幾個女生說的話她也聽到了，覺得實在過分，這時也擺不出什麼好臉色，乾脆不理。

石沁和沈星若輪流洗澡。

石沁洗完的時候，李聽剛好揭了面膜，在洗手檯洗臉。

石沁等了一陣子，忍不住問：「妳好了沒？」

李聽：「妳急什麼。」

石沁：「妳都洗了七、八分鐘了，我只是洗一下毛巾。」

李聽沒說話，還是在慢吞吞地往臉上潑水。

沈星若在石沁洗完之後才進浴室，一開始只聽到兩人低聲交談，大概是顧忌翟嘉靜在睡覺。

可洗到一半，外面聲音突然變大，起了爭執。

她動作稍頓，隨即加快了洗澡的速度。

等沈星若出浴室，兩人的爭執早已升級成了吵架——

「妳今天在班上那樣說星若妳也好意思，妳這人怎麼這樣啊！」

「我怎樣了，我不就是和別人討論一下成績嗎？」

李聽理直氣壯，「大家都以為她成績特別好，然後成績出來考成那個樣子，還不讓人說了？而且還不是她自己早就知道成績出了問題也憋著不說一直裝，不就是想顯得自己有多麼厲害想打我們的臉顯得我們討論成績有多麼可笑嗎？」

「石沁妳可省省吧，抱人家大腿倒是抱得挺勤快，也不嫌難看！」

「我抱大腿？我難看？李聽妳自己聽聽說的是不是人話！到底是誰愛抱三班那群有錢妹的大腿誰心裡有數，人家給過妳一個正眼嗎？」

石沁戳人痛點也是相當精準了。

李聽瞬間炸毛，上前就動手扯起了石沁的頭髮，「妳胡說八道什麼！」

石沁也不甘示弱，雙手往前一頓亂抓。

沈星若沒想過兩人會動手，愣怔片刻後，她喊：「妳們別打了。」

沒人理她。

一向擅長當和事佬的翟嘉靜躺在床上一動也不動，好像睡沉了，根本就沒聽到寢室裡的動靜。

石沁和李聽也不知道是對彼此積累了多久的怨氣，這時一邊打得你死我活一邊瘋狂翻舊賬，戰場也在不斷擴大。

沈星若只穿了件睡裙，頭髮還在往下滴水，站在浴室門口，前進不得，還被兩人逼得往後退無可退。

「我叫妳們別打——」

沈星若話還沒說完，忽然李聽一個激動，拎起陶瓷漱口杯就往洗手檯的鏡子上一砸。

「砰」地一聲！

開學時幾人用寢室費買回來的價值十八塊的正方形鏡子崩開數道裂縫，邊緣碎片往四周一頓亂飛。

「啊——！」

「啊——！」

石沁和李聽不約而同尖叫起來，刺耳程度絕不亞於學校門口文具店賣的尖叫雞。

等她們回過神，只見沈星若面無表情地站在浴室門口，脖頸不知是被陶瓷碎片還是鏡子碎片割開了一道傷口，細小血珠正往外冒。

一下子兩人臉都白了。

正在這時，宿管老師聞聲過來，拍了拍門，不耐煩道：「都要熄燈了，吵什麼吵！」

李聽和石沁的臉色又白了幾分。

沈星若感覺自己這輩子都沒受過這種委屈。

她眼冒金星，但還是面無表情地扯了兩張衛生紙，將血跡暫時擦乾淨。

緊接著，她走到寢室門口開門。

沈星若：「老師，我們寢室有一隻老鼠。」

宿管老師一聽，下意識皺眉，身體也往後仰了仰。

「老師，妳能不能進來，幫我們趕一下？」

宿管老師臉色不太好，「妳們怕什麼，就只是老鼠……這樣，妳們別怕，明天開會的時候，我跟主任反應一下，看什麼時候叫滅鼠的過來。」

又開始冒血珠了，沈星若不動聲色拉了拉睡裙肩帶，遮住傷口。

「好的，麻煩老師了。」

送走老師，沈星若關上寢室門。

身後石沁和李聽都鬆了口氣，可兩人好像還沉浸在驚嚇中，沒能回神，一直站在洗手檯那，分毫未動。

沈星若往回走，路過翟嘉靜的床位時，翟嘉靜的手指好像動了一下。

她沒停，走到石沁和李聽兩人面前，唇角向下抿著，神色冷淡。

石沁和李聽對望了一眼。

石沁小心翼翼說：「星若，對不起啊，妳疼不疼，要不要貼一個……」

沈星若眼神掃過去，她立馬噤了聲。

一旁的李聽神色不太自然，別開眼沒看沈星若。

沈星若卻是直直望著她，「我沒有想顯得自己有多麼厲害，因為我本來就比妳們厲害。」

「我也沒有想打誰的臉、沒有想要顯得妳們的討論有多麼可笑，妳們安安靜靜閉嘴，就不會有這麼多抽自己嘴巴的事了。」

「想像力豐富其實是件好事，但麻煩妳用在數學的幾何立體上，不要用來幻想妳的室友。」

她的確在看到自己試卷的那一刻就知道計分出了問題，但她今天根本就沒有想過分數。

如果不是學校裡這些人嘴碎個沒完，她甚至都不打算去辦公室找王有福。

「……」

李聽的臉色不太好看。

雖然知道自己理虧，但仍是倔強地不肯和沈星若對視，只硬著嘴巴說：「那個漱口杯好像也是妳的，我、我賠給妳。」

沈星若：「那妳賠，一千八。」

李聽一臉「妳怕不是逮著了機會來騙我」的表情。

沈星若懶得跟她多爭，也沒想讓她賠，只看著鏡子和地上的碎片說：「妳們把這裡弄乾淨，用掃把，別用手，明天去買一塊新的鏡子換上。」

李聽張了張嘴，想說點什麼。

沈星若又瞥了她一眼——

她下意識把嘴閉上了，和石沁一起灰溜溜地拿著掃把埋頭掃地，不敢出聲，從尖叫雞瞬間變成了小炒尖椒雞。

寢室終於安靜。

沈星若找了OK繃，貼在脖頸間的小傷口上。

其實這道小傷口雖然疼痛細密，但是並不怎麼要緊，關鍵是那個陶瓷杯的底還「砰」一下砸到了她額頭。

剛砸的時候，除了頭暈眼花，倒看不出什麼痕跡，這時才慢慢腫起了一個小包，可能等等還會發青。

她塗了點藥，又剪了塊正方形的紗布貼在額角。

李聽打掃完才發現沈星若額角也受了傷。

心裡掙扎了老半天，想要和她道歉，可忽然就熄燈了。

晚上躺在床上，李聽怎麼都睡不著，心想著不道歉的話，漱口杯總要賠。

沈星若那個漱口杯很好看也很特別，上面有很多星星圖案，和茶杯好像是一套的。

她打開購物軟體，照著關鍵字搜尋了一番，還真讓她找到了一模一樣的。

這個杯子有個名字，叫「星漢燦爛」，描述上說，是當代知名畫家沈光耀和冷芳齋合作的限定聯名款。

售價兩千二，還只是二手的。

漱口杯，兩千二。

李聽盯著畫面看了好半天，無法出聲。

算了算了。

尊嚴有什麼重要。

不如道歉吧？

當晚沈星若就收到了李聽的道歉小作文。

她本來都要睡著了，結果被手機震醒。

眼看李聽道歉道上了癮，還一段接著一段，聲情並茂，她回：『再不閉嘴，明天就賠我杯子。』

世界終於安靜了。

次日沈星若頂著一小塊紗布去學校，很是惹人矚目。

不少人跑來問，她統一說是撞到了洗手間的門。

早自習上到一半，陸星延才出現在教室門口。

他放下書包，大爺似地往椅子上一坐，往後靠了靠。

瞥見沈星若額角的紗布，他隨口調侃，「大小姐，考得太好被人打了？」

沈星若邊翻著書，邊輕描淡寫說：「對，我說我是陸星延的同學，他還打我，說陸星延算個屁。」

陸星延：「……」

第二節課的下課要做早操。

做完操回教室，陸星延想起一件事，和沈星若說，這週末他會和裴月、陸山一起去匯澤，問她是不是真的不回去。

沈星若還沒回答，何思越就回到了教室，遞給她一管藥膏，「我剛剛去保健室順便幫妳拿了這個，聽說見效很快。」

「謝謝。」

沈星若接過看了看。

見她唇角稍往上揚，何思越也笑，「小事，以後走路小心點，可別再撞到門了。」

「知道了。」

陸星延在一旁假裝玩手機，聽到這，抬頭看了眼。

呵。

坐在一起這麼久，他可沒見過這隻白孔雀給過他好臉色，人家遞個藥膏就笑得和開屏似的。

正在這時，陸星延的室友趙朗銘來找他拿寢室鑰匙。

見何思越送藥膏給沈星若，趙朗銘一臉曖昧地調侃道：「班長，前幾天我們踢球，我也摔了膝蓋，怎麼沒見您人文關懷一下我呢，您這一碗水沒端平啊。」

何思越笑著讓他別亂說話。

趙朗銘又環住陸星延脖頸，「延哥，鑰匙給我一下，我跟王有福請了假，回去拿點東西。」

陸星延撇開他的手，「鑰你媽，自己不會帶？豬都知道自己回豬圈，你是什麼金魚腦？」

第六章　金魚腦

趙朗銘被陸星延這突如其來的火氣弄傻了。

何思越和沈星若也一起望向陸星延，沒搞懂這位大少爺突然抽什麼羊癲瘋。

也不知道陸星延是覺得自己沒理，還是想表現下自己寬宏大量的一面，安靜三秒，他忽然又平和下來，對趙朗銘說：「最後一次。」

趙朗銘莫名其妙被削了一頓，好半天才回神，站旁邊眼巴巴等著陸星延翻書包。

時間一分一秒過去，他實在是等得腿都麻了，於是壯起狗膽問了句，「延哥，你不會也沒帶吧？」

空氣無端陷入靜默。

——鑰你媽，自己不會帶？豬都知道自己回豬圈，你是什麼金魚腦？

這入木三分振聾發聵的質問言猶在耳，趙朗銘沒忍住，忽然爆笑。

陸星延偏頭望他。

那眼神比南極終年不化的寒冰還要涼上三分。

「……哈哈哈嗝！」

趙朗銘閉嘴了。

好在上課鐘及時解救了他，他憋得滿臉通紅，打著嗝灰溜溜地回了座位。

陸星延臭著一張臉，像有人欠了他一百八十萬似的。

視線掠過沈星若時，兩人對視了一秒。

他從沈星若那張沒有波瀾的臉上，看出了一言難盡的情緒。

這節課是王有福的公民，大家都自覺地準備好了公民試卷。

王有福喊完起立，就對著公民成績單一頓分析，完了順便分析一下其他科的成績，還有整個年級的成績。

「……這次考試啊，整體來說還是有點難度的，我們班的平均分數是五三八點六，年級排名第二，本來是第三，又要在實驗班吊車尾，但是呢，多虧了沈星若同學，沈星若那個分數一改回來，我們班平均分數一下子高了差不多三分，超過了三班。」

「大家比對著看一下平均分，自己心裡還是要有點數，多的我也就不說了……」

「哦對，這個填答題卡的事情大家還是要注意一下，沈星若同學這次是2B鉛筆出了問題，二班老師還不同意人工批改，改了年級第一就不是他們班的了，她當然不同意改！我們這啊，主要還是自己學校，沒那麼嚴格，年級組長最後點頭答應了。」

「但要是什麼大考，比如全市模擬考之類的，那肯定不會幫你找出來重新改過的。」

「升學考大家還是不用擔心了，會統一發考試用具，大家注意別填錯了學號，看錯題目就行了。」

王有福不愧是公民老師，嘮嘮叨叨的能力比數學老師梁棟起碼高出了十八個段位。

他表揚完大家這次有進步，又拎出沈星若當做模範生代表著重誇獎一番，然後再Diss了一遍隔壁二班的班主任小肚雞腸，緊接著又扯到了他當班導師這些年的豐功偉績。

梁棟一節課就把試卷全部講解完了，王有福到下課前五分鐘才扯回正題，「好，那麼我們來看一下選擇題第一題啊……」

陸星延睡了大半節課，也終於在這時醒過來。

他打了個呵欠，隨便翻了翻試卷，手臂搭到椅背上，懶洋洋問：「講到哪了，講完了？」

沈星若也有點睏了，撐著眼皮看了他一眼，說：「第一題。」

「……」

這一週在王有福龜速的試卷分析中顯得特別漫長。

沈星若已經到達一種和公民試卷相看兩厭的疲憊地步。

她本來還不太明白，王有福這種教學速度，是怎麼在高二上學期講完所有公民課程的。

當王有福占了一節體育課和一節音樂課講公民試卷的時候，她差不多明白了。

週五最後一節班會課也被王有福霸占了。

熬完四十五分鐘，下課鐘響，想要回家的小雞仔們都從昏昏欲睡的狀態中清醒過來，迫不及待地開始收拾書包。

王有福見狀，拍了拍講桌，「我有說要放學了嗎？一個個上課都跟蟲一樣，下課鐘一打，就變成一條龍了！」

臺下的小雞仔們不約而同停下動作。

見他們還算聽話，王有福也沒生氣，「行了，試卷就講到這裡，還有什麼不明白的，下課再來找我。」

您放心吧，不會有人再願意多看公民試卷一眼的。

底下同學心裡瘋狂吐槽，並且又開始按捺不住收拾書包的小動作。

王有福慢條斯理地喝了口茶，還沒完，「又來了、又來了，我是能不讓你們回家吃飯還是怎麼回事？你們不要這麼躁動！我再借兩分鐘，說一下下週的安排啊。」

「第一點，下週有三節……」

從王有福說出「兩分鐘」這三個字開始，沈星若心裡就有了種不詳的預感。

果不其然，王有福也是一位條理清晰說話絕不算數的優秀班導。

他總共講了三大點，每一大點又分為三個小點，有的小點還會展開兩個方向。

——這兩分鐘，最後硬生生地被擴充成了半個小時。

陸星延從他說兩分鐘起就開始打呵欠，癱在座位上坐了幾秒，他拖出計算紙開始畫格子。

沈星若頭昏腦脹，看到陸星延在本子上寫寫畫畫，她問：「你在畫什麼？」

陸星延直接將本子推了過去，「玩不玩？」

沈星若：「……」

五子棋。

他已經無聊到自己和自己下五子棋了。

她竟然以為他有什麼隱藏的繪畫天賦。

「贏了。」

「贏了。」

「你輸了。」

「你又輸了。」

五分鐘後，沈星若興致缺缺地放下鉛筆。

她五分鐘連贏四盤，實在疑惑到底是什麼金魚腦子才能以平均一分十五秒的速度輸掉一盤，而且其中二十五秒都是在畫格子。

陸星延彷彿受到了什麼奇恥大辱，盯著計算紙看了好一會兒，逼沈星若陪他繼續下。

沈星若不理他，他就拿筆輕敲她的腦袋，「快點，再下一盤。」

沈星若毫不客氣，踩了他一腳。

「妳……」

「陸星延，你敲沈星若腦袋幹什麼！」臺上忽然傳來王有福的聲音，「我注意你很久了啊，你一個大男生，不要欺負女同學！」

沈星若反應很快，端坐著直視前方，還不動聲色摸了摸腦袋。

「……」

不是，她摸什麼腦袋？

她幹嘛摸腦袋？

她竟然摸腦袋！

陸星延盯著沈星若看了幾秒，嘆為觀止之餘，還下意識反駁了一聲，「我沒有……」

王有福和其他同學的目光整整齊齊地投了過來：不，你有。

陸星延不是什麼模範好學生，遲到、打架、蹺課，被老師們用無數種理由Diss過無數次，但從來沒有覺得自己這麼冤枉過。

他想說點什麼，可又覺得十分無語，下意識轉頭，看了一眼沈星若，這才發現這隻白孔雀正遨遊在一片蓮花池中，和怒放的白蓮花們完美地融成了一體。

——驚世白蓮花本花了。

托了五子棋二人組的福，本來已經快要做總結的王有福又有了新話題，也不知道他的表達欲為何如此旺盛，喝了口茶，又開始瘋狂批判以陸星延為首的一班頑劣分子們。

他時而擲地有聲，語氣裡滿是恨鐵不成鋼的痛心疾首；時而又嘮嘮叨叨春風化雨，企圖用諄諄教誨感化這群不學無術的小少爺，讓他們皈依課業。

臺下直接複製了五十多張冷漠臉。

畢竟學校給這群頑劣分子下過的處分，往上數祖孫三代每人都能均攤一個了，這些無關痛癢的訓話更是比生理期來得還頻繁，根本就沒用。

所以，這位操心的班導師為什麼不能放他們這群弱小無辜又善良的乖乖仔們回家吃飯？

下午六點整，其他班的同學早就走光了，一班小雞仔們終於迎來了大解放。

許是這解放來之不易，小雞仔們腳底沾了香蕉皮似的溜得飛快，生怕王有福突然想起什麼，又來一句噩夢般的「等等，我再說兩分鐘」。

沈星若收拾好書包的時候，教室就已經空了大半。

她回頭望了一眼放掃具的角落。

陸星延智商是沒什麼可拯救的餘地了，好在被教訓兩次，記性稍微長了一點。

王有福宣布放學，他就很自覺地去教室後面拿了掃把，還順便幫沈星若拿了一個。也不知道是王有福的一番訓斥讓他痛定思痛想要洗心革面重新做人，還是想證明他真的沒有欺負柔弱的沈黛玉同學。

兩人打掃完，已經六點半。

天邊晚霞熱烈，偶有幾隻飛鳥穿梭，點綴這黃昏油畫般的光景。

高二教學大樓空空蕩蕩的，平日操場上打籃球、踢足球的也不見人影。

出了校門，沒遇見認識的同學，兩人也就沒避嫌分開走。

他們邊走邊聊，陸星延說：「我媽中午打了電話給我，說今天要去做頭髮，還要順便做個什麼美容，很晚才會回來。」

沈星若：「我知道，裴姨也打了電話給我。」

裴月這麼打扮，無非就是為了出席沈光耀的婚禮。陸星延和沈星若都心知肚明，也就沒再圍繞這個充滿喪氣的話題多說什麼。

劉叔照例將車停在書香路轉角，因王有福這出其不意的嘮嘮叨叨，他無辜地等了快兩小時。

陸星延拉開後座車門，手臂隨意搭在車門上方，示意沈星若先進。

沈星若看了他一眼。

陸星延鬆散靠在旁邊，斜眼睨她，「看什麼看。」

沈星若淡定地表揚道：「不錯，還算有點紳士風度。」

陸星延輕哂了聲，唇角不自覺往上翹了翹。

翟嘉靜這週末不回家，早就和同樣不回家的高一同學約好，晚上要一起去市中心吃飯。

兩人換好衣服從寢室出來去搭公車。

本來聊到晚上要吃的那家店還有說有笑，可無意間瞥到不遠處的那輛車，翟嘉靜的目光不自覺停下了。

「……靜靜、靜靜？妳在看什麼？」

她心不在焉，「噢，沒什麼，好像看到我們班上的同學了。」

「在哪？」女生好奇張望。

翟嘉靜沒接話，只看著兩人依次上車，看著陸星延唇角帶笑，再看著車門被陸星延順手關上，最後看著那輛車疾駛離開，消失在路的盡頭。

她不知道在想什麼，只是抿著唇，一言未發。

回到落星湖已經是一個小時以後的事情了。

週五晚上往郊區的路也塞車塞得厲害。

劉叔在車上就不停看手錶，沈星若和陸星延都察覺到了，問他是不是有什麼急事趕時間。

他擺擺手，說沒事。

直到快要開進別墅區，他問後座兩人「什麼蛋糕比較好吃」的時候才說漏嘴——

今天他小女兒滿五歲，他答應了這個可愛的小公主，要買蛋糕回家，和她一起過生日。

陸星延：「劉叔，車就停這吧，比較好掉頭，我們走進去就可以了。」

「這……」

沈星若也開口說：「沒關係的，劉叔。現在比較塞，您開車注意安全。」

他確實趕著回家，也就沒再堅持，將兩人放在別墅區門口，調轉車頭走了。

漫長冬日過後，白晝開始變得綿長。

七點半，天還沒全黑，顏色昏昧。

只不過落星湖的湖燈和四周路燈都是七點整準時點亮，灰青與金黃交接的天空映襯湖邊暖橘色的燈光，有種奇特而溫暖的協調感。

陸星延和沈星若一前一後走進雕花鐵門。

沈星若不知想到什麼，忽然說了句，「劉叔對他女兒很好。」

陸星延下意識接道：「只有這麼一個寶貝女兒，那當然好了。」

他頭都沒回，自然也沒察覺到沈星若情緒的細微變化，還滔滔不絕繼續介紹，「劉叔他三十多歲的時候，大女兒因為車禍過世了，那時候他頭髮都急白了一半，到四十歲才又生了個小女兒，看得和眼珠子似的。」

沈星若：「噢，這樣啊。」

陸星延瞥了她一眼，後知後覺發現自己好像說了什麼不該說的話。

他有些不自在，「欸，我不是那個意思。」

沈星若轉頭，「哪個意思？」

陸星延：「……」

一路兩人沒再說話，進了門，屋裡靜悄悄的。

陸星延餓得前胸貼後背，還故作鎮定地喊了兩聲，「周姨、周姨？」

沈星若放下書包，進廚房轉了圈，出來說：「周姨不在，也沒做飯。」

「什麼情況。」

陸星延打開手機，這才看到裴月半小時前傳了一則語音訊息，說周姨兒媳婦懷孕了，這週請假，讓他們吃完晚飯再回家。

陸星延無語，晃了晃手機，「欸，沈大小姐，周姨請假了，叫外送吧，妳想吃什麼？」

沈星若本來有些餓，這時不知道是餓過了頭，還是被陸星延那幾句無意但很扎心的話哽到吃不下東西，竟然不覺得餓了。

「隨便你，我都可以。」

陸星延也就隨意地找了家感覺很熱門的店，「素炒三鮮、紅燒茄子、玉米排骨湯、清蒸鱸魚？」

沈星若點頭。聽到他說點好了，才說：「看不出來，你吃得這麼清淡。」

陸星延點完外送就癱進沙發裡玩手機，這時也沒多想，脫口而出反問道：「妳不是只吃清淡的嗎？」

話說出口，他滑動手機螢幕的手指突地一頓。

沈星若倒沒覺得這話哪裡不對，邊倒水邊說：「其實我也可以吃辣的。」

兩人第一次單獨在家，各自回房換下校服，又回到一樓客廳各占著一張沙發。

說話的時候倒還好，不說話的時候，空氣似乎顯得格外靜默。

沈星若剝了個橘子，邊吃邊看平板，吃到一半，她好像想起了什麼，又轉頭問：「你要不要？」

陸星延掀起眼皮，「嗯」了聲，接了。

沈星若提醒，「有點酸。」

陸星延沒當回事，直接往嘴裡塞了一小半——

「……」

這他媽叫有點酸？

她怎麼做到面不改色吃掉一半的？

陸星延腦子裡一瞬間飄過十萬八千個對人生的質問。

可沈星若就那麼直直望著他，他一時不知道該做些什麼表情，總之直覺告訴他，就算是坨橘子味的屎，這時他也該面不改色地吞下去。

一分鐘後，他咽下去了。

沈星若淡定地說：「你好能吃酸。」

陸星延已經分辨不出她到底是諷刺，還是誇獎，或者只是隨口一說。

反正他的面部肌肉彷彿已經失去活動能力，感覺明天星城晚報就能出一則「明禮高二男學生因橘子過酸命喪落星湖湖畔別墅」的新聞。

名校，豪宅，離奇的死亡原因。

很好，頭版頭條預定了。

他沒說話，也說不了話，只能面無表情地癱回沙發。

等了十分鐘，他才稍稍恢復過來。

在這十分鐘裡，沈星若又吃了半邊橘子。

可能是橘子刺激了食欲，她感覺有點餓了，於是抬頭問：「外送還要多久才能到？」

陸星延重新撈起手機，聲音毫無起伏，「現在晚餐高峰，叫外送的人多，大概要晚一點吧。」

這個理由聽起來沒什麼問題。

沈星若沒說話，彷彿接受了。

半個小時後，她又問了一次，「還沒到嗎？」

陸星延已經餓到眼冒金星，可不能在白孔雀面前丟臉的警鐘時時長鳴。

他瞥過去，不以為然道：「妳急什麼，我看一下外送員送到哪了。」

忽然，空氣陷入一陣長久的死寂。

陸星延目不轉睛地盯著手機螢幕，坐直了點。

這他媽，太不科學了。

外賣訂單竟然就那麼停留在付款的畫面，並顯示為超時未付款，自動取消訂單！

沈星若看了他好一會兒，眼神已經明顯帶上疑問。

陸星延放下手機，自己消化完，又醞釀了一下說辭，「說出來妳可能不信，我忘記付款了。」

「……」

沈星若沉默三秒，「不，以你的智商，我信了。」

陸星延無從辯駁，靜默半晌，說：「行了，我的鍋，出去吃吧。」

落星湖這一片都是高檔住宅區，沒什麼吃飯的地方，只有幾家西餐廳和咖啡廳。

兩人叫了計程車去附近商場。

可這家商場關門很早，九點半就清場了，餐廳基本都在八點到八點半停止接待新客。

轉完一圈，兩人感覺更餓了。

飢餓雖然不能使人耳聰目明，但似乎能使榆木腦袋飛速運轉。

陸星延忽然轉頭，對沈星若說：「妳確定能吃辣？」

「能。」

「這附近有一家很有名的蒼蠅館子，吃蛙魚火鍋的，營業到凌晨兩點，就是會比較辣。」他頓了頓，「還有，環境不太好。」

沈星若：「那過去吧。」

「妳確定？蒼蠅館子就是又破又小，桌子也是那種臨時拚的小木板桌，鍋子也比較……復古。」

陸星延懷疑地看著沈星若。

「不乾不淨，吃了沒病。」沈星若轉頭看他，目光筆直而坦蕩，「你有潔癖嗎？」

不是，這位大小姐還搶起臺詞來了。

陸星延點點頭，「好，那走吧。」

於是，兩位看起來就像重度潔癖患者的少爺、小姐離開商場，穿過一條大街三條小巷終於走進了一個破舊的小院子。

這蒼蠅小館九曲十八彎隱藏極深絲毫不露痕跡，若不是出於對裴月和陸山的信任，沈星若可以合理懷疑陸星延是要拐賣她了。

停在院外，沈星若隱隱聞到一陣鮮香。

院內熱鬧得很，露天開著十幾張小桌，屋裡面也坐得滿滿的，來吃東西的有年輕男女，還有挺著啤酒肚的中年男人，甚至有一桌坐著兩位老爺爺。

大家都吃得火熱，也聊得火熱，星城方言和國語交織在一起，有種親切的人間煙火氣息。

店裡生意火爆，兩人站著等了二十分鐘才等到位子。

考慮到沈星若也許是在強裝，陸星延手下留情，點了個微辣，順便要了個鴛鴦鍋，中間是清湯，實在吃不了辣還能涮點蔬菜。

他點了三十隻蛙，一份巴沙魚片，還有肥牛卷、蝦滑等等肉菜。

沈星若對菜的多少也沒什麼概念，但冥冥中感覺有點多，就只加了兩份蔬菜。

服務生過來一看，驚訝道：「帥哥、美女，三十隻蛙太多啦，你們兩個吃十五隻就差不多了。」

陸星延感覺自己現在餓得能吃下一頭牛，面無表情說：「我覺得我一個人就能吃三十隻。」

「……」

送上門的錢不賺白不賺，服務生也沒再多說什麼，幫他們點好單就走了。

沈星若從來沒有覺得吃頓飯竟然這麼辛苦。

繼等了一小時外賣無果，去商場餐廳關門，走了一刻鐘又排隊二十分鐘之後——

他們又等了半個小時，火鍋才上桌。

此時已是晚上十點。

兩人都已經餓到沒有力氣聊天客套，菜上桌就開始悶頭吃。

由於陸星延點的蛙太多，火鍋放不下，服務生直接將剩下的放在一個鐵盤裡，讓他們吃完自己加。

這家店的蛙很大，亂七八糟的菜本來就放滿了一個小推車，桌上還堆了一大盤蛙肉，很是引人注目。

兩人到了這時才對三十隻蛙有了具體概念。

吃了一會兒，陸星延感覺自己回到了人間，也有力氣說話了。

他問：「妳覺得怎麼樣？」

他問的時候還觀察了一下沈星若的神情，見她沒出汗也沒辣得不停喝水，總算相信她是個能吃辣椒的人了。

沈星若吞完一片馬鈴薯才抬頭回答：「味道嗎？挺好的。」

只不過她有些懷疑，這家店是不是故意讓人聞得著香味但吃不著，先把人餓到半死再上菜，讓人覺得吃什麼都覺得很好吃。

如果真的是這樣，那這種另類的飢餓行銷也很別出心裁了。

她夾了一塊蝦滑。

微辣實在不怎麼辣，她蘸了蘸碟子裡的辣椒粉，又蘸了蘸自己加了小米辣椒還有各種辣椒醬的調味料。

陸星延看到她面不改色吃了一塊這樣的蝦滑，筷子都停了。

「妳這麼能吃辣？」

「一點點。」

這他媽不是一點點了，大小姐。

沈星若還多解釋了一句，「我說過，我都可以的。裴姨可能以為我吃得比較清淡，但其實我的口味會偏重一點。」

這位大小姐真是耿直，說可以就是真的可以，他真是信了他媽媽的邪。

沈星若已經半飽，動作緩下來，邊吃邊問：「對了，你怎麼會知道這家店的？」

「和我朋友他們一起來過兩次。」

陸星延不愛吃菠菜，說話的時候，還把沈星若煮的菠菜都撈起來，放到碟子裡，然後推到了對面。

他說得輕描淡寫，但實際經歷並非如此簡單。

曾幾何時，陸星延也是一個落座要擦三遍椅子的矯情少爺，第一次來這家店的時候覺得空氣都油膩得讓人窒息，把許承洲他們幾個罵了一頓，轉身就要走。

還是許承洲親自幫他擦了桌椅，又舉起三根手指發誓，味道一定驚為天人，再加上他當時也餓到前胸貼後背，於是不情不願坐下了。

再然後，自然是大型真香現場。

兩人聊了聊，陸星延覺得氣氛還行，於是舊事重提，「我媽說明天下午去匯澤，妳真的不去？那妳一個人待在家，又沒人做飯。」

「不去。」沈星若頭都沒抬一下，「我明天下午提前回學校。」

「我……」

沈星若忽然放下筷子，望著火鍋。

陸星延頓住了。

他覺得，如果他再多說一句，沈星若很有可能端起這盆火鍋往他身上一潑。

潑水都幹得出來，潑火鍋也沒什麼不可能了。

陸星延點了點筷子，不打算繼續聊這話題。

其實他不喜歡多管閒事，要不是他媽許以雙倍生活費千叮嚀萬囑咐將這事重托給他，他真的是半個字都懶得多說。

沈星若適時起了身，說：「我去一下洗手間。」

十分鐘後沈星若回來，陸星延也起身去了趟洗手間。

經過櫃檯時，他順便買了個單。

這家店不是很先進，點菜是手寫，買單也是人工加計算機，服務生的數學比他還差，算了三遍才算清楚。

結完賬，陸星延往外走。

可服務生撓著腦袋，覺得好像有哪裡不太對勁。

裡面包廂又有人要加菜，她也沒多想，翻了單據又火急火燎趕過去了。

吃到十一點，陸星延和沈星若連一片菜葉子都吃不下了。

桌上還剩下大半盤沒放下去的蛙，以單價十塊一隻計算，他們至少損失了一百三十塊，其他的蟹柳、蝦滑也還剩下大半，小菜都可以忽略不計了。

他們來的時候，旁邊有一桌中年男人一邊吃一邊聊著什麼十幾個億的都更項目。

他們吃飽了，這一桌中年男人還唾沫橫飛，一副要決戰到天亮的架勢。

「……拆是肯定會拆的，這塊地是金盛要的，就看金盛老闆能出什麼價了！」

「王老闆，你上次不是說跟金盛陸董一起吃過飯，陸董有沒有透露點什麼？」

「陸董啊，我跟他可不止吃過一次飯，他之前落星湖那個案子本來就有意跟我們公司談分包的，我還去他家吃過飯，陸董家啊……」

沈星若看了陸星延一眼。

陸星延靠在椅背上，一副「鬼才知道我爸是不是認識這人，但他絕對沒來我家吃過飯」的表情。

這哥們的謊越說越大，陸星延懶得再多聽這瘋狂說謊的激情演講，動了動脖子，懶洋洋道：

「吃飽了？走吧。」

火還沒關，沈星若望了望桌上的蛙，「你不是一個人就能吃三十隻嗎？」

他叫囂著三十隻蛙的時候，氣勢還挺足，她差點就信了。

陸星延默了兩秒，發出來自靈魂深處的疑問：「沈星若，妳一天不損我幾十遍是不是不舒服？」

「可是你的槽點真的很多。」

沈星若回答得很認真。

陸星延無語，但又不能拿她怎麼樣，只好拎著外套搭到肩上，先一步往外走。

出了院子，他還是在門口停了下來。

這三更半夜黑燈瞎火的，小姑娘出點事他可擔待不起，尤其這小姑娘長得還挺好看，出事機率太高了。

也是出於安全考量，陸星延沒有用手機叫車。

兩人走到主幹道旁等計程車。

春夜的風很溫柔，路燈泛著暖黃光暈，兩人站在路邊，有一搭沒一搭地說著話。

陸星延沒有去過匯澤。

匯澤其實也是一個美食很多的地方，沈星若難得多開尊口，和他講了匯澤有什麼好吃的好玩的，又把自己記憶裡的具體地址都和他說了一遍。

怕他這個金魚腦記不下來，還說自己會用訊息傳給他。

氣氛本來很友好，可陸星延總愛突發奇想提一些破壞氣氛的話題。

「妳很喜歡匯澤啊。那妳轉學到這邊，是不是因為妳爸爸要結婚，妳的準後媽和拖油瓶明裡暗裡把妳逼過來的？」

「……你閉嘴吧，我自己要來的。」

劇情不如他想像中淒慘，但沈星若一瞬間就沒了說話的興致。

好在很快來了一輛計程車。

兩人上車，陸星延還不自知，剛花了錢，又想為雙倍生活費掙扎一下，再勸點什麼，忽然發現沈星若已經戴上了耳機。

一路無話。

到落星湖後，沈星若先於陸星延掃了一下計程車司機的付款條碼，準備付款。

可手機提示：餘額不足。

「陸星延，你付一下，或者匯三十塊給我，剛剛買完單，手機裡沒錢了。」

陸星延付了。

但總覺得沈星若的話很奇怪。

下車後，他忽然問：「妳買了什麼單？」

「就是剛剛的火鍋……」沈星若察覺到不對，「我上洗手間的時候買了單，四百五十三，怎麼了？」

陸星延面無表情，「我也買了一次單，四百五，她可能是嫉妒妳漂亮，沒幫妳抹零。」

第七章　可惜腰不行

兩人到家的時候，裴月也剛回來不久。

見三樓沒聲響也沒光亮，裴月還以為他們早就睡了，這時正把一樓落地窗處的燈光調到最亮，然後舉著自拍棒，拍她做了一天的新髮型。

陸星延和沈星若進門，光源處就傳來「喀擦」一聲。

沈星若怔了怔，回神打了聲招呼。

陸星延則是無語到想翻白眼，停在玄關處換鞋，頭都沒往裴月的方向偏一下。

裴月心理強度絕佳，絲毫沒有覺得尷尬，收起自拍棒，就很自然地做出一副驚訝的表情，「你們怎麼現在才回來，我還以為你們已經睡了呢。」

「出去吃飯了。」

陸星延懶懶應聲。

「吃了什麼？」

「……」

「……」

陸星延和沈星若皆是沉默。

兩個未成年人坐在露天小木桌邊吃了一頓價值九百零三塊的火鍋，好像不是什麼值得拿出來反覆提及的光榮事蹟。

好在裴月也並沒有真的很關心他們吃了什麼。

明天還要去匯澤，她又起了別的話頭，說了幾句就讓兩人趕緊上樓睡覺。

上樓梯時，陸星延特地落後幾步，等沈星若走過轉角，他往後望了一眼。

裴月正在朝他擠眉弄眼。

他伸出一根手指，擺了擺。

裴月嘆氣。

家家有本難念的經，沒辦法，她也算是盡力了。

次日一早，陸星延洗漱完，頂著睡得亂七八糟的雞窩頭，下樓吃早餐。

他剛推開房門，就見沈星若揹著書包往樓梯口走。

不知道是不是自己想像的惡毒繼母與拖油瓶的故事背景過於真實，看到沈星若瘦削的背影時，陸星延覺得她真的是沈杜瑞拉本拉了。

他沒忍住，「喂」了一聲。

沈星若回頭。

他還挺注意形象，撥了撥頭髮，才鬆鬆垮垮倚在門邊，問：「妳拿著書包去哪？」

「圖書館，」頓了頓，沈星若補上一句，「然後回學校。」

大概是早上起來腦子不太清醒，本來就比較差的語言組織能力更是Down到谷底，他明明想說點什麼，但還是只能擺出一張「哦我只是隨便問一下妳不用回答得這麼詳細」的冷漠臉——目送沈杜瑞拉小姐下樓。

下午，陸星延和裴月坐上了前往匯澤的高鐵。

比起候機兩小時，下車再坐一小時到市區，還有極高延誤風險的飛機，來往匯澤僅有一小時車程的高鐵顯然更為便捷。

陸山工作忙，本來是打算回星城和老婆、兒子一起去參加婚禮，但一時沒走得開，只能婚禮當天直接從雲城飛往匯澤了。

沈光耀是再婚，加上自己本身是藝術家，所以婚禮不宜盛大鋪張，不然就有損視金錢名利如糞土的高雅人設。

男方除了一個沒到場的女兒，連九曲十八彎的遠方親戚都沒來一個，女方家親戚也來得很少。

所有的親朋好友加起來也不足五十人。

婚禮場面雖小，但細節處都安排得精緻周到。

陸山一家一個月前就收到了沈光耀親手繪製的婚禮請柬，到了匯澤，更有專車早早侯在出站口，將人接至酒店妥當安置。

匯澤是個好地方，山水靈秀，生活安逸。

即便開發商們將每座城市都築成大同小異的長方體組合，但走進匯澤，還是能明顯感覺到，這裡的生活節奏比星城要慢上幾個節拍。

婚禮在第二天早上，地址是君逸旗下的某家酒店。

沈光耀畢竟是個正經八百的藝術家，四十多歲的人了，還挺懂浪漫，包了大半個酒店辦草坪婚禮。

陸星延其實很不喜歡跟著父母出席這種場合。

因為每到這種場合，小孩似乎都要被當成炫耀的資本或是你來我往客套的藉口被人參觀誇獎。

陸星延不會念書，裴月和陸山自然就連他讀文、讀理都不會多提一句。

來往交談的也都是人精，你不主動提，那肯定是不值得一提。

再加上他看起來也不是脾氣很好的樣子，這些叔叔阿姨們只好逮著「你家陸星延長得可真高！」、「你家陸星延長得可真帥！」來來回回地誇。

聽多了，陸星延的靈魂深處就多了一個疑問——除了高跟帥，我就沒其他優點了？

等待新人入場期間，陸星延還很不要臉地問了一下裴月。

裴月很欣慰地感嘆道：「兒子，雖然你沒什麼優點，但你還挺有自知之明啊。」

是不是親生的？

很快，新人入場。

黑西裝配白婚紗，身後還跟了兩個小花童，旁邊則是司儀小姐們列成兩排夾道撒花——畢竟男方四十多女方三十多，這個年紀想找幾個未婚朋友當伴郎、伴娘，實在太難了。

陸星延上一次見沈光耀還是三年前，沈光耀來星城辦畫展，順道去了趟他家。

那時沈光耀也像今天這般儒雅斯文，一看就是個有內涵的人，可儒雅斯文之外，當時他還有種藝術家獨有的頹廢憂鬱氣質。

現在，這種頹廢憂鬱已經一掃而空了。

女方看上去很溫婉，容貌秀麗，顏值在三、四十歲這個年齡層，也算得上比較高了，只是比起沈星若的媽媽宋青照，也就差了十萬八千倍。

——但這並不妨礙一對新人挽著手，笑得甜蜜溫暖。

婚禮配樂是一首小眾鋼琴曲。

兩人往前走，玫瑰嬌豔，百合純潔，兩色花瓣混在一起一路拋灑，畫面看起來既幸福又浪漫。

陸星延坐在婚禮現場，腦海中頻頻閃過沈星若說「不去」時的漠然神情。

大概是沈星若的抵觸情緒太過明顯，連帶著他也很難感同身受這份浪漫了。

婚禮很快進行到了新人交換戒指宣誓擁吻的環節。

陸星延沒興趣看一對加起來快八十歲的新人肉麻兮兮親親熱熱，眼神一晃，往場外瞥。

忽地，他打呵欠的動作一頓。

「欸，陸星延你幹什麼！快給我坐下！」

裴月拉了拉陸星延的袖子，壓低聲音訓斥。

陸星延恍若未聞，「我去一下洗手間。」

「你憋一下會死？」

「會。」

他起身。

陸星延的離座略顯突兀，不少人都跟著望了過去。

他沒在意旁人目光，只是拉住沈星若的手腕往旁邊角落裡拖。

沈星若全程都面無表情，被拖得往後踉蹌也沒試圖站穩，還是陸星延扶了一把，將她按在牆上，她才站直了。

可她的目光還在往花路盡頭看。

陸星延單手撐牆，舔了舔後槽牙，問：「妳想幹什麼？」

沈星若沉默。

「妳清醒一點，現在鬧場妳爸面子往哪放，他一怒之下把財產都留給後媽和拖油瓶，連幅畫都不給妳怎麼辦？」

沈星若收回目光，「我沒有想鬧。」

陸星延被哽住了。

沈星若又說：「我媽媽的財產都是我的，另外他婚前已經將名下六個房產中的四個轉到了我的名下，保險、信託的收益人也是我，想留財產給那對母子，恐怕要等他多畫幾幅畫，多找些人捧他的臭腳，再死得離奇一點才有升值空間了。」

「……」

爸爸結婚詛咒他死得離奇一點，這仇也是不小。

陸星延緩了緩神，又問：「妳不是說不來？妳爸爸昨晚聽說妳真的不來，還挺失落的。」

沈星若漠然，「失落什麼，現在不是也開開心心結婚嗎？笑得和返老還童似的。」

「……」

「妳的嘴是真的毒。」

司儀宣布新人正式結為夫妻，不遠處傳來一陣鼓掌歡呼聲。

沈星若的神色更為冷淡了。

陸星延剛想開口安慰兩句，沈星若忽然對上他的視線，目光灼灼。

她這個樣子，看起來像是陷入瘋癲前的平靜，陸星延一瞬間聯想出了她要強吻自己、當場氣死她爸的天雷場景——然後無意識地舔了舔唇。

沈星若垂下眼睫，看著他按在身側的手，說：「你別占我便宜，離我遠一點。」

陸星延反應三秒，火速站直，擺出一副「誰他媽想占妳便宜我還覺得吃虧了」的嫌棄樣子。

沈星若好像真的就只是來看看。

沒有大鬧婚禮現場，也沒有哭得要死要活當場斷氣，婚禮流程結束，她就直接轉身走了。

陸星延也跟了出去。

他腿長，步伐也邁得大，雙手插在口袋裡，悠悠閒閒跟上沈星若。

出了酒店，外面是匯澤這座城市的車水馬龍。

中午陽光很好，空氣中的灰塵都被光線照成了一束一束，有種歲月靜好的朦朧美感。

來之前，陸星延還瞥了一眼手機上的天氣預報，匯澤前前後後好多天都是陰雨連綿，偏偏今天豔陽高照。

他忽然問：「妳過來該不會是想等著他們交換戒指的時候天降暴雨吧？」

「幼稚。」

沈星若瞥他一眼，對他的腦迴路感到十分無語。

陸星延本來就是想逗逗她，倒不在意。

快到飯點，兩人在街上走走停停半晌，也都有些餓了。

陸星延提議找家餐廳吃飯，剛好這附近有一家沈星若跟他提過的沸騰魚片很好吃，兩人就順著地圖找過去了。

吃完飯，陸星延結帳，還懶洋洋地調侃她一句，「欸，妳剛剛去洗手間，沒有多結一次帳吧。」

沈星若用一種「我哪有錢結帳」的眼神望著他。

店家送了一盤哈密瓜和一盤切片西瓜，兩人沒馬上走，坐下邊吃邊聊。

陸星延想起什麼，問了句，「對了，我今天好像沒看見妳那個後媽帶的小拖油瓶。」

沈星若：「他可能要補課，學競賽的。」

陸星延略略挑起眉頭，「也念高中？」

「國中。」

陸星延見她難得有問必答一次，於是問出了疑惑已久的問題，「其實妳爸爸也……單身挺多年了，我感覺他對妳也還不錯，妳為什麼這麼不能接受他再婚。」

沈星若依舊平靜。

她抬頭說：「那個女人是我高一班導師，她在學校對我噓寒問暖無微不至，時常開導我，讓我從我媽過世的陰影中走出來，從我口中瞭解我家裡的所有事情，然後轉眼再背著我和我爸在一起，要當我後媽了，換成是你你接不接受？」

班導師。

難怪她要轉學了。

陸星延一時間不知道該說什麼。

沈星若拿紙巾擦了擦手，「陸星延，你借我三百塊，我買票回去。」

她到星城之後，一直都沒有用過沈光耀給的生活費，可是她用錢一向大方，也不習慣勤儉節約，之前存的獎學金都花光了。

陸星延沒回神，直接轉了五百給她。

兩人起身往外走，忽然，陸星延想到一個問題，問：「妳坐高鐵來的？」

「嗯。」

陸星延：「那妳來匯澤，是哪來的錢買高鐵票？」

沈星若默了默，「我去昨晚那家店，把多付的錢要回來了。」

沈星若最後並沒有拿著陸星延救濟的五百塊，孤零零坐上返回星城的高鐵。因為她的身分證弄丟了。

好在發現得及時，兩人沿著餐廳一路往回找，順便冷靜地互相推鍋。

陸星延：「妳是金魚腦嗎，身分證都能丟。」

沈星若：「肯定掉在酒店了，如果不是你拉拉扯扯，根本就不會搞丟。」

陸星延：「大小姐，妳開天眼了？這妳都知道？」

沈星若：「閉嘴，我懶得和你吵。」

陸星延還想再說點什麼，手機鈴聲忽然響起。

——裴月打電話來了。

『陸星延，你人呢，上廁所掉進茅坑裡了？』

「……」

「馬上回。」

他瞥了沈星若一眼，鬼使神差將這三個字又擴充了一下，「馬上回星城了。」

裴月：『什麼？』

沈星若也看了他一眼。

他繼續說：「許承洲摔斷了腿，現在在醫院，他家裡人都不在，我去看看他，我已經快到高鐵站了。」

遠在星城某家網咖和別人組隊打遊戲的許承洲忽然打了個噴嚏，他揉了揉鼻子，有些納悶。遊戲戰況激烈，不過片刻，他又全心投入廝殺。

裴月本來都想好要訓陸星延幾句，這理由說出來，她又不好多指責什麼。只交代他路上注意安全，看完許承洲早點回學校。

見陸星延掛了電話，沈星若問：「你幹什麼。」

陸星延閒閒地說：「沈杜瑞拉小姐，妳有沒有常識，高鐵站可以辦臨時身分證。」

「我要先回家一趟。」

「在妳爸新婚之夜前打砸搶燒？」

「……」

「你閉嘴吧。」

沈星若往前走，腳步突然一停，又回頭問：「什麼沈杜瑞拉？」

陸星延偏著腦袋，忽然笑了聲，然後回應她「閉嘴」的命令，伸出一根手指，隨意地側貼在唇上，做出「噓」的動作，目光還略帶戲謔。

他站在離沈星若兩三公尺遠的地方，中午陽光將他的頭髮暈上一層淺金色的光芒，背光處，輪廓又被勾勒出明暗光影。

有那麼一秒，沈星若恍了恍神。

沈星若家住在滙澤近郊的一個仿四合院的別墅裡。

這個社區也是金盛開發的，多年好友，陸山自然是留了最好的一棟給沈光耀。

古色古香的雕花紅木大門打開，映入眼簾的是寬敞的露天庭院。

正值春日萬物初生，庭院內樹木蔥郁繁茂，花草馥鬱芬芳。

右側臨湖開了一扇漏明牆，輕柔湖風往裡吹，吹得枝頭花苞輕顫。

四角亭內擺了畫架，下午有陽光的時候，沈光耀最喜歡坐在那畫畫。

一切既美好又熟悉，只可惜，不再屬於她了。

沈星若在院子裡站了一會兒，繼續往裡面走。

她的戶籍在星城，回星城補辦身分證很方便，但她要先回來拿戶口名簿。

她忽略客廳窗戶上貼的那些喜字，直接去了沈光耀的書房。

陸星延倒是識趣，沒跟著她一起進去，就在客廳等她。

雖然這個家到處都有新主人入住的氣息，但沈星若的痕跡也處處可見，明顯屬於小女生的粉色拖鞋、博古架上的獎盃證書、水晶鋼琴擺飾，還有客廳照片牆上，擺在最中間最大的那一幅——沈星若的照片。

照片裡的沈星若比現在要稚嫩許多，大概是十一、二歲的樣子，但容貌氣質已經十分出挑。

她穿著一身白色吊帶長裙，端坐在一架三角鋼琴前，頭髮長而鬆軟，披散在肩背上，頭上還戴著一頂水晶小皇冠。

可能是參加什麼比賽或是參加什麼活動，照片背景明顯是表演舞臺。

逆著鎂光燈，她的皮膚白得晃眼，頭頂的皇冠也閃閃發亮。

陸星延雙手插在口袋裡，盯著這張照片看了好一陣子。

他說錯了，她不是仙杜瑞拉。

她可真是，公主本人了。

書房裡，沈星若熟練地搬開書櫃上某一格書。

家裡重要的東西沈光耀都會收在書架暗格的保險櫃裡，密碼是沈星若的生日。

輸密碼的時候，沈星若罕見地猶豫了幾秒，手在身側攥成拳，緊了又鬆，鬆了又緊。

一個一個數字輸入，保險櫃打開，她都沒發覺自己悄悄鬆了口氣。

她以前也經常開沈光耀的保險箱，因為沈光耀最喜歡摸著她腦袋說：「哪有什麼重要的東西，有什麼東西能比我的小公主重要？」

她心安理得享受這份寵溺，總愛把自己收藏的小東西也往他的保險箱裡放。

找到戶口名簿，沈星若沒多逗留。

退出書房時，她隱約聽到客廳那邊有動靜。

走至客廳，正好撞見兩個小學生對峙的場景。

方景然：「你是誰，你怎麼進來的？」

陸星延：「那你又是誰，你又是怎麼進來的？」

方景然：「我當然是用鑰匙進來的。」

陸星延：「那我也是用鑰匙進來的。」

沈星若：「……」

他們兩個再弱智一點，對罵起來可能會用上「反彈」這個詞語吧。

「沈星若！」

「星若姐！」

「閉嘴，誰是你姐。」

沈星若沒理陸星延，只是冷淡地掃了方景然一眼。

方景然剛剛還亮晶晶的眼睛倏地滅了光，國中生的臉稚氣未脫，失落寫得明顯又滿溢。

不過片刻後，方景然又收拾好自己的情緒，問：「星……妳、妳今天是去參加婚禮了嗎？」

沈星若：「我只是回來拿東西，你別多嘴，就當沒見過我。」

方景然先是一愣，隨即好像明白了什麼，小雞啄米似的點了點頭，保證道：「嗯！我不會告訴他們妳回來過的，妳放心！」

他越說，語氣還越雀躍。

可能是學競賽的人腦迴路和正常人不太一樣，終於有一件事能夠幫上沈星若，他很開心，而且還莫名生出了一種被信任的感覺。

沈星若見他這表情，也明白了他在想什麼，一時有些無言。

正好這時，陸星延問：「大小姐，東西也拿了，走不走？」

方景然立馬插話，「星若姐，他是誰？」

他眼尖，瞥到沈星若手裡的戶口名簿，又問：「姐，妳拿戶口名簿幹什麼？」

見拖油瓶國中生現場表演愛姐心切，陸星延忽然來了點興致，惡劣地調侃道：「我是她男朋友，我們來偷戶口名簿結婚。」

「你不要胡說八道！」

拖油瓶國中生頓時羞憤，說得和陸星延要跟他結婚似的。

未成年肯定結不了婚，方景然知道他在亂講，但是不是男朋友這一點，他就不敢肯定了，只好望向沈星若。

沈星若沒說話，只是盯著陸星延。

陸星延唇角本來還掛著漫不經心的笑，被沈星若盯了一陣子，他實在笑不出來了，人也不自覺地站直了點。

拿了戶口名簿，兩人直接去高鐵站。

因為沒有提前預訂，今天回星城的票已經所剩不多了。

貧窮又使沈星若的生活水準驟然降低，她堅持要買一般座位，最後只好買晚上十點半的末班車車票。

在高鐵站補辦臨時身分證，又隨便吃了點東西，兩人有一搭沒一搭聊了三個多小時，好不容易才踏上返回星城的列車。

到這個時間，兩人都已身心疲累，坐到座位上就靠著椅背開始睡覺。

偏偏他們前座有幾個高中生好像明天不用讀書似的，躁動得很，從上車起就歡聲笑語，聊天唱歌還不夠，還忽然玩起了遊戲。

這個年紀，似乎還有很多人不懂，公共場合不要喧嘩是公民的基本美德。

他們自己鬧也就算了，還以為全世界都不介意，要拉著所有人一起鬧。

見陸星延、沈星若男俊女美，有男生轉過來問：「帥哥、美女，你們要不要和我們一起玩，每個人說一件覺得遺憾的事，如果這件事有人能做到，那你就要接受對方懲罰，如果沒人能做到，其他人就要接受你的懲罰！」

陸星延煩得皺起眉頭，正想罵這個鍋蓋頭一頓，旁邊沈星若冷不防開口——

「我覺得遺憾的是，西元二二六二年有兩個正月，但你們都看不到了。」

空氣忽然安靜。

她語氣冷淡，「都看不到對嗎？那請你們不要再大聲喧嘩了，這是高鐵，不是菜市場。」

之後四十分鐘的車程，整節車廂都保持著一種極為安靜的狀態。大家還是會正常交談，但沒有人再肆無忌憚了。

陸星延本來很睏，沈星若來這麼一齣，讓他睏意頓減。

他的腦袋往沈星若的方向偏了偏，「大小姐，妳可真是一如既往的了不起。」

他第一次見到沈星若，就是回星城的高鐵上，她給霸占座位的啤酒肚澆了一瓶透心涼心飛揚的礦泉水。

時隔一個多月，高鐵風紀股長的表現依然出色。

沈星若也想起了上次高鐵上的事情，只是她的記憶裡並沒有陸星延這位路人甲。

兩人回到落星湖時已經很晚，各自回房洗漱，然後躺倒在床上，沾了枕頭就睡到不省人事。

次日是週一。

週一到週五，沈星若都設定了固定鬧鐘。

可鬧鐘是按照寢室到教室的距離設定的，迷迷糊糊醒來，沈星若第一個念頭是去洗漱；第二個念頭是從這裡回學校，要遲到了；第三個念頭則是，遲都遲了，再睡一下吧。

她是那種被打擾到就再也無法沉浸式入睡的人。

賴在床上瞇了一小會兒，她起床洗漱，順便敲了一分鐘隔壁的房門，把陸星延叫起來。

出門時，陸星延拎著校服，邊打呵欠邊說：「妳別急，今天早上要開朝會，王有福不會發現的，我們過去還趕得上第一節課。」

「可是班群裡說，第一節課換成了王老師的公民課。」

沈星若站在落地窗前整理校服領口，頭都沒回。

陸星延數學不行就算了，時間觀念也不太行。

他說還能趕得上第一節課，可兩人進教學大樓時，第一節課已經上到一半了。

見沈星若抿著唇不說話，陸星延擺出一副大發慈悲的樣子，不以為然地說：「行了，妳等一下把鍋都推到我頭上，就說在學校門口被我扣住了，非要跟妳借作業抄，而且也不讓妳先走。」

沈星若停住腳步，從上到下打量他一遍。

這種爛理由，也只有他這種智商能想出來。

算了。

看在他還有心揹鍋的分上，沈星若決定順手把他也救起來。

她拉著陸星延往樓梯底下放單車的地方走，見四周沒人，從口袋裡拿出了一管BB霜。

陸星延皺著眉頭，下意識往後仰了仰，「什麼東西？妳想幹什麼？」

「閉嘴。」

沈星若打開BB霜，往無名指指腹擠了一小點，然後湊近陸星延，略略仰頭，手指覆上他的嘴唇。

他的唇有點溫熱，還很軟，指腹來回輕輕摩挲，沈星若覺得不太對勁。

想要收回，又覺得更不對勁，只能面無表情把它抹勻了。

這時是上課時間，教室外安靜得很。

光線昏暗的樓梯三角空間裡，只能聽見兩人此起彼伏的呼吸聲。

空氣中混合著淺淡的青草味和橙花味。

陸星延整個人都怔住了。

她在幹什麼？

知不知道男女授受不親？

男生的嘴唇很敏感的不知道嗎？

她怎麼看起來這麼淡定就像幫自己塗唇膏一樣？

我靠，靠得太近了，離我遠一點！

沒等陸星延自給自足聯想完一齣大戲，沈星若就收回了手。

「好了。」

她不動聲色鬆了口氣，順便往後退了一步。

陸星延站在那一動也不動，也沒說話，只是視線微低，落在了沈星若唇上。

直到沈星若拉著他走到教室門口，他還是一副狀況外的樣子。

沈星若在門上輕輕敲了敲，又喊報告。

見兩人一起出現，王有福略顯詫異。

剛進教室的時候，王有福就發現賞心悅目的顏值二人組沒來。

他隨口問了問，可班上沒人知道，只有班長何思越說他們朝會也沒參加。

王有福沒太在意，打算等下課再找。

事實上，他早就幫沈星若補上了十萬八千個理由，至於陸星延，他早已在心底幫他蓋好了蹺課的印章。

「你們是怎麼回事，怎麼現在才來？」

沈星若面不改色，看著王有福說：「王老師，今天早上來上學的時候我遇到了陸星延同學，他坐在路邊走不動了，我問他怎麼了，他不肯說，但臉色很蒼白，我說要叫車帶他去醫院，他也不肯去，說已經是老毛病了，不用去醫院。」

她轉頭，瞥了陸星延一眼，「陸星延同學腰不太好，經常會間歇性地痠麻陣痛。我去藥店幫他買藥，上了藥之後在路邊休息了半個小時，他才能繼續走路。」

王有福剛想問點什麼，沈星若又繼續道：「王老師，我沒帶手機，陸星延同學的手機也沒電了，所以沒有提前打電話跟你請假，不好意思。」

王有福緩了緩，張開的嘴又閉上了。

嗯……事情經過還挺完整，好像沒什麼問題。

而且陸星延這唇色慘白又面無表情的樣子，看起來是真的生病了。

他一時胡思亂想，還在想陸星延該不會是因為腰痛，所以以前才經常遲到吧。

年紀輕輕還未成年，怎麼就患上了腰痛的老毛病呢。

王有福頗為惋惜地看著陸星延，安慰了幾句，讓他積極治療，緊接著又表揚沈星若樂於助人，是值得大家學習的好榜樣，然後就讓兩人回座位了。

這節課本來就只剩一半。

沒過一會兒，下課鐘響。

沈星若幫阮雯搬了一疊習作，跟在王有福後面離開教室。

王有福一走，陸星延的狐朋狗友們都圍了上來——

「延哥你是什麼情況，腰不好？」

「大少爺你行不行啊，不行就請假回去啊。」

「延哥你什麼時候有這個老毛病的？我都不知道！」

「是腰椎間盤突出還是怎麼回事，你這個要早點治療，這他媽關係到你以後的終生幸福呢！」

陸星延本來撐著腦袋，另一隻手還在轉筆。

忽然一群人和鐵桶僵屍似的圍上來，三句話不離「腰」，他眉心突突起跳，游離已久的意識逐漸回籠。

從這群僵屍的嘮嘮叨叨中，他拚湊出了剛剛被他忽略的事情。

他莫名火大，「你們能不能閉嘴？誰說我的腰有事了？」

幾人整整齊齊回頭，看向剛送完習作本，正往教室裡走的沈星若。

第二節課預備鐘響，鐵桶僵屍們作鳥獸散，沈星若回到座位，邊拿書邊對陸星延說：「對了，你應該有認識的女生會化妝吧，找人借一下卸妝水。」

卸個屁。

剛剛那半節課，他都無意識舔了二十八次嘴唇了。

陸星延沒應聲，直接問：「妳剛剛說我腰有問題？」

「……」

「你不是都聽到了嗎，怎麼了？」

她還挺無辜。

「妳要我裝病，就不能說我肚子痛送我去保健室之類的？」

沈星若想了想，「你在明禮也算是有頭有臉吧，早上肚子痛到走不動路，要一個女生送你去保健室，豈不是很沒面子，你自己想像一下那個畫面……」

「而且從實際情況出發，如果你肚子痛到走不動，我肯定沒有辦法送你去保健室，你那麼重，我扶都扶不動。」

「再說了，保健室這麼有漏洞的地方，王老師如果突發奇想去問一下，就暴露了。」

「……」

簡直是魔鬼邏輯。

陸星延盯著她看了好一會兒，「那妳想像一下我腰痛到走不動路，要一個女生陪著坐在路邊，活像是拖家帶口在路邊討飯的，這難道就很有面子？」

「還有妳知不知道，腰力對男人來說，意義可非同一般，這是能隨便造謠的嗎？」

沈星若默了默，「你真是玻璃心。」

羞辱誰？

沈星若又補了句，「你別這樣盯著我，難道你要我去幫你澄清，陸星延腰很好，一夜七次不在話下嗎？不可能的。」

陸星延先是有些回不過神，然後被氣笑了，「妳在胡說八道些什麼，妳一個女孩子……」

「閉嘴，老師來了。」

托沈星若的福，一整個上午陸星延都被腰不好的流言糾纏著。

這消息也像長了翅膀般，很快傳遍整個高二年級，緊接著高一那些暗戀陸星延的小女生們也知道了。

現在的女孩子，都很現實。

長得帥雖然能當飯吃，但吃飯的同時總要配點肉菜，長期只吃白米飯，是會發育不良的。

於是下課時提起陸星延，大家都是一臉可惜。

中午回寢休息的時候，石沁也在說這件事，順便還問了問沈星若，「欸星若，妳昨晚怎麼沒有回寢室。」

「有點事，來不及回來了。」

沈星若睏了，坐在床邊掀開被子，作勢就要躺下。

翟嘉靜在床上看書，抬頭看了她一眼，邊翻頁邊問：「對了星若，妳來星城這邊，是住在家裡嗎？妳家在哪？好像沒有聽妳提過。」

「我現在住在落星湖那邊。」

沈星若已經躺進了被窩，順便扯開一張蒸汽眼罩戴上。

石沁：「落星湖？那邊房價好貴，我們家去年換房子還去那邊看過，實在是太貴了！」

一直沒出聲的李聽也說話了，「我聽說陸星延家也在落星湖那邊，不過他家是湖畔別墅。」

石沁：「那怎麼能比，落星湖那邊有四、五個社區都是他家開發的吧……」

翟嘉靜翻書的動作頓了頓。

聽石沁和李聽討論了好一會兒落星湖，她忽然順著兩人的話頭說了句，「那下次去市圖書館，我們還可以去星若家坐坐。」

她等著看沈星若的反應。

「星若、星若？」

石沁湊近看了一眼，忽然比了個「噓」的動作，用氣聲說：「小聲點，星若睡著了！」

午休完，沈星若精神好了不少。

下午第一節是體育課，她們直接去操場。

走在路上，春日陽光溫暖卻不灼人，石沁和翟嘉靜在說今年校慶的事情，她邊喝牛奶，邊瞇起眼，打量不遠處盛放的櫻花。

「沈星若！」

身後傳來清朗男聲。

三人回頭。

何思越笑了笑，上前和三人打招呼。

緊接著他又很自然地走到沈星若身邊，說：「沈星若，明禮今年的校慶又快到了，校慶的話，每個班必須出兩個以上的節目參選，王老師讓我問問班上有才藝的同學，我聽說妳會彈鋼琴，所以想問問妳，要不要出一個節目報過去。」

沈星若：「我很久沒有練了。」

何思越溫和地笑著，「沒關係的，妳也知道，我們班是實驗班，沒有藝術專長生，所以有特殊才藝的同學很少，而且學校只是要求出節目參選，但沒要求必須有節目通過，只要參加就好了。」

沈星若本來就不是害羞扭捏的人，何思越都這麼說了，她也沒再多加推辭。

幾人邊聊邊往操場走。

小操場那有男生在打球，定睛一看，原來是陸星延那群人。

恰逢中場休息，扔進最後一個三分，陸星延和李乘帆他們走到場邊喝水。

這時還沒上課，很多路過的女生都忍不住邊偷看邊小聲討論。

男生們也都習慣了，用李乘帆的話來說就是：打球沒有女生吹捧，還有什麼樂趣。

平日幾個狐朋狗友都會拿女生揶揄陸星延，今天也不例外，只是風向稍有轉變。

趙朗銘：「欸陸少爺，你知不知道你今天上午的騷操作，現在學校都傳遍了。」

「什麼？」

陸星延一下子沒反應過來。

李乘帆樂了，搶著說：「就是你腰不好那事啊，好多女生都在討論呢。」

陸星延一聽「腰不好」這三個字，火都不知道從哪來的，忽然就踹過去，厭煩道：「腰你媽，都說了老子沒事。」

幾個狐朋狗友都當他是惱羞成怒，特別歡樂。

趙朗銘還加油添醋模仿其他女生們惋惜的樣子，說：「欸，陸星延帥是帥，可惜腰不行。」

陸星延抄起礦泉水瓶往他腦袋上一削，眼神冷淡，「你他媽怎麼不可惜一下西元二二六二年有兩個正月你卻看不到了？」

他也只是在高鐵上聽沈星若說了那麼一次。

雖然不太明白，但用來嗆人好像很有學問。

聽到這熟悉的聲音熟悉的內容，沈星若腳步一頓。

彷彿是有什麼心電感應般，現學現賣完這話，陸星延也下意識往後望了望。

隔著籃球場的鐵網，兩人的視線在半空交接。

然後陸星延就聽到了豬隊友發出的很要命的豬叫——

「什麼？西元二二六二年為什麼有兩個正月？」

第八章　夢見

沈星若就那麼邊喝牛奶邊看著他，目光筆直，安靜，還略帶興味。

好像在等他給出什麼精妙絕倫驚天動地的解釋。

陸星延對上她的視線，腦袋一片空白。

一秒。

兩秒。

三秒。

他忽然面無表情地轉回去，踹了趙朗銘一腳，聲音冷冷淡淡，「不知道還不去查？你他媽伸手黨做得很愉快啊。」

聽到這話，沈星若牛奶吸到一半，被嗆住了，「咳咳咳……」

玻璃心陸少爺下意識回頭。

只見沈星若皺著眉咳嗽，嘴角還沾著一點點牛奶。

難得看到沈星若臉上多出幾種表情，他莫名就想到了「萌吐奶」三個字。

緊接著又被自己驚出了一身雞皮疙瘩。

夠了。

沈星若和萌有個屁的關係。

沒過多久，上課鐘響，大家各自趕往所在隊伍上體育課。

明禮的體育課是選修。

沈星若轉學過來，瑜伽、羽毛球、跆拳道這種熱門種類早就額滿了，她聽阮雯的，選了綜合訓練與康復。

綜合訓練與康復，乍一聽很像被人打成骨折坐了小半年輪椅後，訓練走路能力的課程。

當初選修課公布的時候，大多數人也都是被這課程名勸退。

實則不然，這堂課輕鬆得很，只要做做操跑跑步就可以自由活動了。

而且綜訓體育老師和王有福簡直是一脈相承的溫吞慈祥，說話慢慢吞吞，不太點名，每次跑步都只要跑一圈。

陸星延選的是籃球。

他們籃球的老師就不一樣了，一身腱子肉，看上去兇神惡煞的，男籃和女籃分班，他單獨操練起男生更是沒有顧忌。

每次上課就先來三組伏地挺身，然後再跑三圈，完了還有三組深蹲。

在同一個操場上課，命運可以稱得上是截然不同。

沈星若和阮雯聊著天，在跑道上龜速前進的時候，陸星延已經跑到第二圈了。

阮雯：「星若，妳剛剛和何思越一起過來的嗎？」

沈星若：「嗯，他來找我說校慶的事……」

話沒說完，忽然有一隻手從她頭頂掠過——

「妳的腿怎麼這麼短。」

他的聲音有些輕佻戲謔，掌心微熱。

等沈星若回過神，那人已經跑遠十多公尺的距離了。

陸星延走遠，阮雯才小心翼翼地問：「星若，陸星延是不是和妳關係還不錯。」

「不錯？」

「他平時對女生比較冷淡，但剛剛不是主動跟妳開玩笑了嘛，可能是因為妳今天早上幫過他，他很感謝妳……」

阮雯一本正經地思考著，在錯誤的道路上一去不回頭。

直到陸星延跑到第三圈，再次不聲不響超過她們，並且再次仗著身高優勢輕鬆掠過沈星若頭頂，她才緊張地閉上了小嘴巴，生怕大佬來找她麻煩。

沈星若從她說感謝起就沒再認真聽，因為她並不認為陸星延會感謝一個造謠他腰不好，讓他失去了廣大迷妹的「罪魁禍首」。

而且誰的感謝方式是做完仰臥起坐沒洗手，就把手上的灰往人腦袋上抹。

他死定了。

日子過得不快不慢，很快便到了週四，校慶表演節目評選的日子。

只有兩三天，沈星若也沒時間好好練習，最後挑了一首《夢中的婚禮》。

這幾天陸星延求知欲很強。

不僅搜尋到了「西元二二六二年有兩個正月是因為閏正月」這個上了熱門話題的梗，聽沈星若和前座何思越說起選曲，還搜尋了《夢中的婚禮》是首什麼樣的曲子。

上課鐘響，老師進來，何思越轉了回去。

陸星延漫不經心地問：「妳鋼琴不是很好嘛，《夢中的婚禮》我記得很簡單很爛大街啊，就彈這個？」

沈星若望了他好一會兒，最後說了四個字，「你懂什麼。」

石沁學過一段時間的鋼琴，聽沈星若說要彈《夢中的婚禮》，也一臉驚訝，「啊，就彈《夢中的婚禮》嗎？聽說這次節目評選的委員是劉芳老師呢。」

她還以為沈星若會彈蕭邦、李斯特什麼的，結果就來個成人速成班最愛的理查•克萊德曼？

而且在劉芳面前彈這個，這不就等於在國文老師面前背「鵝鵝鵝」嗎？

沈星若只「嗯」了聲，沒多解釋。

節目評選在週四的午休時間，歌舞樂器類節目都在科技大樓的音樂階梯教室進行表演。

中午陸星延和許承洲他們幾個三班的一起吃飯。

吃完飯，陸星延說要回寢睡覺。

可許承洲他們非要拉著他去音樂教室看美女，還搬出陳竹，說陳竹會唱歌，怎麼樣也要去幫她撐撐場子。

陸星延睏到不行，不為所動，仍是往寢室的方向走。

許承洲他們還沒掰扯出結果，李乘帆、趙朗銘買完水剛好過來。

李乘帆上來就直接環住陸星延肩膀，特別自然地說了句，「你們怎麼還在這閒晃，走啊。」

許承洲：「去哪？」

「音樂教室啊，」李乘帆一臉理所當然，「沈星若要彈鋼琴，延哥怎麼樣也要去幫他的鄰居、幫我們班的女神撐撐場子吧？」

許承洲一臉 What。

陸星延也不知道是被他們鬧煩了還是怎麼了，停了下來，意興闌珊地說：「行了，走吧。」

許承洲愣了愣，臉上的 What 更甚。

不。

這不對。

上次見面還是在操場，那姐們氣勢洶洶跑來倒了滿操場垃圾，兩人氣氛劍拔弩張，這他媽進度竟然跑這麼快，已經到了越過陳竹幫她撐場子的地步了？

階梯教室很大，老師和參選人員都坐在前排，後排早就坐了不少圍觀群眾，男女一半一半。

陸星延他們一幫人吊兒郎當走進來的時候，不少女生驚訝低呼，都在說陸星延竟然來了。

陸星延看起來興致缺缺，大爺似地靠在椅背上，有一搭沒一搭嚼動著口香糖，坐在那很顯眼。

她們邊往後偷瞄邊小聲討論：

「來看陳竹的吧。」

「肯定是。」

「不是啊，還有幾個是一班的，應該是來看沈星若的。」

「何思越也來了欸，何思越肯定是來看沈星若的。」

「這樣看，好像還是陸星延比較帥。」

「帥肯定是陸星延比較帥啦，不然怎麼那麼多女生喜歡他。但何思越人真的很好，我上次放學的時候，看到有個人扔垃圾沒扔進垃圾桶，也沒撿起來重新扔就走了，何思越走在他後面嘛，然後他就過去撿起來扔進垃圾桶了，真的很拉好感！」

「對，我覺得談戀愛和陸星延這種談會比較蘇，但要一直在一起肯定找何思越這種比較好。」

「欸，妳們夠了，說得人家哪個會和妳們談戀愛似的。」

教室裡窸窸窣窣，有人上臺表演唱歌也沒有停，老師忍不住往後喊了一聲，「來看就好好看，不要說話，不然都給我出去！」

教室裡瞬間安靜如鹽酥雞。

陸星延看上去是在百無聊賴地玩手機，實則豎起耳朵聽了半晌別人的討論。

——很好，沒人在說他的腰。

這時討論聲沒了，他也收起手機，往前看節目表演。

唱歌、跳舞、拉二胡、彈古箏、吹薩克斯風……

明禮學生大多家境優渥，培養一、兩個才藝也實屬正常。

陸星延看了半天，腦子裡開始想一個問題——我會什麼？現在學一學還來得及嗎？

算了，看起來就很難，別為難自己了。

在他曲折地進行完一連串心理活動後，終於輪到沈星若上臺表演。

劉芳看了一眼報上來的節目單，略略皺眉。

而沈星若已經走到臺前，落落大方道：「大家好，我是高二二班的沈星若，今天表演的是鋼琴曲《夢中的婚禮》。」

說完她鞠了一躬。

以李乘帆為首的吹捧隊伍開始歡呼。

沈星若沒往後望，直接走到鋼琴前坐下。

學校裡的鋼琴很普通，遠遠比不上裴月搬上樓的那架史坦威，但手指覆上琴鍵，就有種莫名的熟悉和親切感。

劉芳本以為這又是一個沒學什麼東西就開始瞎賣弄的小姑娘，手裡打分的筆都放下了。

忽然聽沈星若指下流出一串音符，略微有些詫異。

李乘帆他們還在說話，陸星延突然往旁邊踢了一腳，「閉嘴。」

沈星若彈鋼琴，jpg 版本的他在沈家見過一次，gif 版本的這還是第一次見。

她身上那股清冷疏離的氣質，坐在鋼琴前時好像格外突出。

這首《夢中的婚禮》本就有股淡淡的哀傷。

只不過有段時間被電信廠商當成來電答鈴，讓人聽到膩了。

再加上沒入門的小白動輒《夢中的婚禮》、《克羅埃西亞狂想曲》掛在嘴邊，很長一段時間裡，不少鋼琴古典樂愛好者都對這首曲子，以及以這首曲子為代表的部分流行通俗鋼琴曲感到生理性厭煩。

劉芳教過不少學生。

其中還有不少成人，有些不差錢，就為了學一、兩首簡單又拿得出手的曲子。

這首《夢中的婚禮》更是常常被這群人單獨拎出來點名要學。

她可以說是聽過無數個版本了。

坦白來說，《夢中的婚禮》要彈得流暢很簡單，但能靜下心把它彈得很有感情、很優美的人，很少。

這個女孩子的鋼琴技巧很純熟，能駕馭的難度顯然遠遠在《夢中的婚禮》之上。

但很有意思的是，這首曲子和這個女孩子的氣質很契合。

她不自覺地聽入了神。

不止是她，整間教室都很安靜。

鋼琴臨窗，午間陽光灑落在沈星若身上，倒映出淺淺的窗格陰影。

她的側臉浸潤在光影明滅的夾角間，半明半昧，本是歲月靜好的畫面，指尖跳躍而出的音符卻幫她平添了幾分憂鬱。

陸星延忽然懂她為什麼堅持要彈這首曲子。

她彈到高潮部分時，他想起了那天的草坪婚禮。

演奏結束。

臺下仍是一片安靜。

直到沈星若起身，才開始有稀稀疏疏的掌聲。

緊接著，那聲音慢慢變大。

最後劉芳都開始鼓掌，教室裡掌聲如潮，連從科技大樓外路過的同學都能聽到。

表演並不是當場就會給評分結果，但並沒有人對沈星若一定會入選這件事有任何疑惑。

因為對照組太過優秀，之後的一些節目難免失色。

直到陳竹上臺唱歌，氣氛才被帶動起來。

沈星若沒有留到陳竹唱歌，她表演完在底下坐了一會兒，忽然想起數學老師梁棟還找她幫忙改高一的試卷，就和石沁、阮雯一起走了。

見她離開，何思越也起了身。

陸星延也想走，稍稍坐了兩個節目，他打著呵欠說：「行了，我睏了，回教室睡覺。」

許承洲拉住他，「欸，馬上就到竹姐了，你現在走是不是瘋了？」

「怎麼？」

許承洲滿腦袋問號，望了望四周，壓低聲音問：「你不打算追竹姐了？我看你這學期開學後越來越不對了！」

陸星延睇他一眼，「以後少亂慫恿了，誰說我喜歡她？」

「不是……你不是自己說？」許承洲睜大了眼。

「我說了什麼？」

許承洲啞口無言。

太不真實了，這位大少爺現在是想抵賴？這他媽是移情別戀了還死不承認吧！

可許承洲又不敢當著陸星延的面戳他痛處，只好在心裡瘋狂 Diss 他好幾百遍。

被許承洲這麼一耽擱，已經到陳竹上臺了。

陸星延心不在焉的，也沒聽清楚她唱了些什麼，反正唱完意思意思和大家一起鼓鼓掌，就打算起身。

沒想到陳竹唱完歌，還往他們這裡跑來了。

她一臉好奇，拍了拍陸星延桌子，問：「欸，那個彈鋼琴的就是傳說中那個沈星若對吧，你們班的？」

李乘帆插嘴，「還坐在延哥隔壁呢。」

「陸星延你命這麼好！」陳竹瞪大了眼，「那小姐姐太仙了，你跟我介紹介紹，不然你問問她缺不缺朋友也行，我挺缺這種帶出去特別有面子的朋友。」

陸星延面無表情看著她，「妳這麼吵吵鬧鬧的人，她肯定不想跟妳做朋友。」

「……」

「你這脾氣鬼見鬼嫌的，她還坐你隔壁呢！」

「閉嘴吧。」

下午上課的時候，陸星延整個人都不在狀況內。

當然，他也沒有幾次上課是在狀況內的，只不過今天格外奇怪。

也不想睡覺，就是時不時會轉頭看兩眼他的隔壁鄰居。

第二節課，歷史老師有事，直接發了一張歷史模擬試卷，讓他們寫完大題部分。

寫到一半，沈星若終於有反應了。

她停下筆，問：「你看我幹什麼？」

陸星延一點都沒有被抓包的驚慌，靠在椅背裡，悠悠閒閒地轉著筆調侃：「哦，我被妳的絕世美貌震驚了。」

沈星若沉默三秒，說：「有些人，總喜歡把真心話藏在玩笑裡。」

陸星延被震住了。

好半天，他才回過神，冒出一句，「妳別這麼非主流。」

沈星若本來還有話來噎他，忽然想起手機餘額只剩五十三塊了，她頓了頓，沒再說話。

寫完題目，她看了看陸星延還空白一大半的考卷，問：「你要抄嗎？」

陸星延瞥她一眼，「說吧，什麼事。」

「我又沒錢了。」

「……」

陸星延放下筆，轉過身好整以暇地看著她，「妳媽媽的財產不是都留給妳了？然後妳爸還給了幾間房產還有信託受益人什麼的，妳這是什麼情況？」

沈星若默了默，「現金我爸都幫我做了理財，一下子拿不出來。房子也不可能現在賣掉。」

陸星延懂了。

所以她那天說那麼多——都是屁話。

「那妳還這麼鐵骨錚錚不用妳爸給的生活費？」

「……」

沈星若忽然正回身子，聲音冷冷淡淡的，「不借算了。」

怎麼好像還成他的錯了。

陸星延頓了幾秒，拍拍她的筆袋，「要多少？」

沈星若想著某一筆理財基金的到期時間，稍微估算了一下，「兩千五吧。」

「大小姐，妳這是要我拿一半生活費養妳？妳又不是我女朋友。」

「……」

其實陸星延只是順口一說。

可說完，兩人都沉默了幾秒。

緊接著，陸星延拿出手機，一聲不吭轉帳了兩千五給她。

週五放學之前，校慶節目評選的結果出來了。

何思越一得到了消息，就回來告訴沈星若。

「沈星若，校慶節目的評選出來了，妳的鋼琴表演……稍微有點問題。」

沈星若抬頭看他。

他摸了摸後腦勺，也實在覺得學校不太可靠，「妳的節目本身是沒有問題的，只是這次校慶的舞臺，調度那邊說，沒有辦法放鋼琴……」

「……」

「但是劉芳老師很欣賞妳的表演，然後其他幾位老師也覺得妳的形象氣質比較適合上臺，就問妳能不能唱個歌，或者是詩詞朗誦什麼的。」

何思越說完，又補了一句，「都不行也沒關係，只是問問。」

聽石沁講，往年校慶節目還會評分頒獎，前三名都有獎金。

雖然不多，但對她這位暫時落入貧民窟的少女來說，也算一筆暫時的救濟金了。

她沉吟片刻，說：「我還會小提琴。」

何思越愣了一下，忽然笑，「妳也太多才多藝了吧。」

沈星若說的是「會」，沒說只會一點點或是彈得不太好，那肯定就是能上臺表演的水準了。

他立馬又接了句，「那我現在就去和劉芳老師說一下——對了，妳有選好的曲目嗎？這次的校慶表演，學校裡說每個節目最好是控制在五分鐘左右。」

沈星若：「我想想。」

何思越又爽朗一笑，「不急，妳慢慢想，我先去找劉芳老師了。」

不知不覺又熬過一個週五。

放學打掃完，沈星若和陸星延還在為倒垃圾的事情猜拳。

因為今天班上有個男生猝不及防吐了一地，嘔吐物現在還在垃圾袋裡，散發著奇怪的味道。

「剪刀——欸，妳輸了。」

陸星延一挑眉，還很得意地晃了晃自己的剪刀手，就差沒貼到臉上再喊一聲「茄子」了。

沈星若抿唇，沒說話。

但看向陸星延的眼神很一言難盡，彷彿是在嫌棄——你一個男生為什麼這麼斤斤計較。

這眼神看得陸星延很不舒服。

他瞧著沈星若抗拒地靠近垃圾桶，然後伸出蔥白的手，去捏垃圾袋的邊緣，那神情好像倒個垃圾她就能立即去世似的。

看了半天，他又想起她在音樂教室時，那雙手在琴鍵上躍動的樣子——

算了。

不和女生計較。

他拉住沈星若的手腕往後扯。

「行了，大小姐。」

「我來。」

這垃圾桶也是真夠噁心的，他扯了扯，將邊緣合攏，一把抓在手裡，面無表情提著往樓下垃圾車走。

扔完垃圾，他去洗手間洗了把手。

沈星若也去洗手間洗了手，兩人在一樓大廳匯合，一起往校外走。

走到半路，陸星延覺得不太對，回頭問：「妳離我那麼遠幹什麼？」

沈星若也是很真實了，直接說：「你身上有味道。」

說完還拿了張濕紙巾蓋住口鼻。

有沒有這麼誇張。

垃圾也是幫她倒的，按照常理來說不是應該再臭也要面不改色忍下去嗎？

陸星延本來還沒什麼感覺，被她這麼赤裸裸地嫌棄一番，也拎起校服領口聞了聞。

不知道是心理作用還是怎麼，他竟然也覺得自己身上有點味道了。

見沈星若還是一副死也要和他保持三公尺距離的姿態，他壓著被氣得七竅生煙的火氣，問：「還走不走了？我還不配和妳這大小姐坐同一臺車回家，要自己走回去？」

「那倒是不用，如果你願意自己叫車回去，就最好不過了。」

「妳怎麼說得出口？妳怎麼不自己叫車？」

「我不是沒錢嗎。」

陸星延定定地看了她好一會兒，沒再說出半個字。總感覺再和她說下去，自己遲早會命喪黃泉英年早逝。

兩人最終還是沒有分開坐車，但沈星若坐到了副駕駛座，嫌棄之情溢於言表。

陸星延悶了一路，回到家也悶聲不吭就直接上樓。

裴月正好叫了美甲師到家裡來做指甲，見沈星若回來，趕忙招呼她坐過來挑花色，順便問了句，「欸，若若，陸星延怎麼了，一進來就黑著一張臉，話也沒說就上樓了。」

「他應該是去洗澡了。」她邊說，還邊幫裴月挑了款大理石的花色，「裴姨，這個中間再跳一個銀色應該不錯，妳的手很白，這個款式會很好看的。」

樓下裴月和沈星若聊得愉快，樓上陸星延洗澡洗了半個小時都沒從浴室出來。

也是見了鬼了。

沈星若平均一天能氣他三十八回，他竟然也沒有一點厭煩和火大的感覺。

換成別人敢這麼對他，墳頭草都三尺高了。

洗完第四遍，陸星延還是覺得哪裡不對，又用了一遍沐浴乳。

等他從浴室出來已經六點。

剛好有人敲門。

這敲門的節奏，一聽就知道是沈星若。

他拿毛巾擦著頭髮，走了過去。

果不其然，是沈星若站在門口。

「吃飯了。」見他頭髮還在滴水，沈星若問，「你洗澡洗到現在？」

陸星延沒說話，擺著一張沒有表情的臭臉。

不知道為什麼，他現在這樣子，像是幼稚園裡那種生悶氣生得很明顯，特別害怕大人沒有發現他在生氣的小朋友。

沈星若微仰著腦袋，對上他的視線，難得溫和道：「我剛剛是開玩笑。」

「你身上還挺香的，有青草味。」

說著，她還往前輕輕地吸了一下。

沈星若靠近的瞬間，陸星延感覺自己半邊身體都麻了，拿著毛巾的手停在腦袋上一動也不動，髮尾還在往下滴水。

偏偏沈星若自然得很，聞完又站了回去，「你的沐浴乳是什麼牌子，我喜歡這個味道。」

陸星延也不知怎麼了，頓了一會兒，順著她的話就答了。

沈星若：「好像是個法國牌子，算了，有點貴。」

貧民窟少女不配對沐浴乳挑三揀四。

「……」

「你動作快點，菜已經上桌了。」

她上下打量陸星延兩眼，完成任務般又催了一聲，然後轉身下樓。

陸星延靠在門邊，盯著沈星若遠走的背影，好半天都沒回神。

這時他的心跳頻率和打完籃球的時候差不多，甚至更快。

媽的，這浴室該不會漏氣吧，怎麼好像二氧化碳中毒了。

他吹了吹頭髮，不對，是一氧化碳。

又吹了一會兒，他才想起，家裡熱水器不是瓦斯加熱的。

晚上，陸星延難得安分在家。

玩了一會兒遊戲機，他從房間裡出來，下樓找吃的。

周姨正好在冰箱那換掉不新鮮的水果，陸星延打了聲招呼，在冰箱裡找到一袋麵包，又拿了一盒牛奶。

周姨見他叼著一片吐司倒冰牛奶，就開始念：「說多少次了，晚上不要吃冰的，放吐司機裡烤一下再吃，還有牛奶，拿來拿來，我幫你熱一下！」

「不是我說啊，現在你們這些小孩子都怎麼回事，吃飯的時候不好好吃，一到深夜就到處找東西……」

「不用麻煩了周姨，我隨便吃一點就行了。」

他嘴裡還咬著吐司片，說話有些含糊。

可剛倒滿一杯，周姨馬上搶過杯子，腳底生風走向廚房，俐落地架起小鍋子，又順手抄起一個平底鍋幫他煎雞蛋。

陸星延：「……」

也是服了，那麼滿一杯牛奶，她直接端去廚房，四平八穩沒漏一滴，和武俠小說裡會凌波微步的世外高人一樣了。

他走到廚房門口。

周姨像是背後長了眼睛般，頭都沒轉就和他說：「我煎兩個，你也幫小若拿一個上去。」

陸星延「嗯」了一聲，又想起一件事，漫不經心般問：「對了周姨，我房間的沐浴乳，家裡還有沒有？」

「我上個月剛幫你換的，用完了？」沒等陸星延回答，她又自顧自說道，「家裡還有，我明天幫你換。」

「不用，我自己拿上去就可以了。」

十分鐘後，陸星延拿著煎蛋和沐浴乳停在沈星若門口，他沒有多餘的手用來敲門，就在門外喊了兩聲，「喂，沈星若，開門。」

「等一下，來了。」

隔著門板，她的聲音略顯沉悶。

沈星若應該是剛洗過澡不久，頭髮吹了，但沒吹得很乾，髮尾還是半濕狀態。

他將煎蛋往前遞了遞，「周姨要我拿給妳的。」

沈星若已經漱過口，但周姨也是一片好意，她接下了。

陸星延又晃了晃手裡的沐浴乳，「還有這個。」

沈星若看了一下，「這不會是從你房間拿過來的吧。」

其實她臉上沒什麼表情，可陸星延卻硬生生從她臉上看出了嫌棄。

——敢情她雖然墮入貧民窟，但身上還有著大小姐的倔強呢。

「妳在想什麼？新的。」

陸星延輕哂。

沈星若接了，順便瞥他一眼。

兩人聯想能力都是一流，沈星若也從他沒有情緒的眼裡，看出了「憑妳也配用本少爺的沐浴乳」的不屑。

兩廂靜默三秒，沈星若正想送客關門。

陸星延卻適時望向她身後書桌，「在寫作業？」

「作業早就寫完了，在寫讀書經驗總結。」

不知不覺，期中考也快來了。王有福讓上次月考的前十名寫一個經驗總結，在下週的班會課上分享。

其實按照以前的流程，是前三名加上各科第一名進行分享，可這次有點尷尬的是，班上的單科第一幾乎被沈星若一個人包了。

陸星延沒說話，沈星若以為他問起作業，是想跟她借作業抄，但又愛面子不好意思開口。想起他慷慨借出一半生活費，沈星若大方善心，主動問了句，「你是要借作業？那自己進來拿。」

陸星延根本就沒想過要自己寫作業。

他默了默，又鬼使神差地跟著沈星若進了房間。

停在書桌前，沈星若指了一下那一疊試卷和本子，「這些，還有歷史試卷你翻一下我書包。」

她放下煎蛋，又去浴室放沐浴乳。

陸星延環顧房間，目光不經意間瞥到她被子角落露出的半根白色帶子，那帶子很細，乍一看就和手機充電線一樣。

正好他忘了帶充電器回家，邊往床邊走，還邊朝浴室的方向說：「沈星若，我借用一下妳的充電器。」

「好。」沈星若沒在意，順手在浴室洗手檯上拿了根橡皮筋。

陸星延站在床腳扯出「充電線」，先是直覺手感不太對，然後就被震住了。

我靠。

內衣？

白色的一件，沒有花紋，也沒蕾絲，很簡單的少女款式，只在背後釦子處有一個小小的蝴蝶結設計。

聽到沈星若的腳步聲，陸星延也不知是被通了電還是怎麼的，忽然以迅雷不及掩耳之勢將其塞回被子裡，然後以手掩唇，咳了兩聲，走回書桌旁邊。

他的手像是剛抓了把辣椒似的，感覺火辣辣的。

見沈星若邊綁頭髮邊往外走，他忽然真的被嗆到了，咳個不停——

剛剛沈星若頭髮披散下來，他沒看到，這時綁了起來，他才看到沈星若的睡裙是件細肩帶，衣領倒不暴露，都遮到鎖骨下方了。

可聯想到那件細肩帶內衣，他整個人都不太好了。

咳了半晌陸星延才停下。

沈星若打量他兩眼，問：「你怎麼一副做賊心虛的樣子，偷東西了？」

陸星延又想咳了。

他強行憋住，醞釀幾秒，又說：「妳胡說八道什麼，也不看看妳有什麼值得我偷的。」

好像也是。

沈星若沒多計較，只用一種「借完作業你還不快滾」的眼神望著他。

陸星延本就心虛，見沈星若還一直看他，就更心虛了。

他隨便在桌上摸了幾本作業，敷衍招呼一聲，很快出去了。

沈星若見他奇奇怪怪的，也覺得莫名其妙。

寫完讀書經驗，她整理書包，忽然發現自己的歷史試卷和充電器都在書包裡安安靜靜地躺著。

她坐在那回想了一下。

直覺告訴她，陸星延一定在她房裡做了什麼不可告人的事。

可上上下下看了一圈，好像也沒什麼不對勁的地方。

算了，最好是別讓她知道。

不然他死定了。

「不要了……嗯……」

「太快了……」

「你輕一點……」

「咚咚咚！」沈星若耐心告罄，敲門聲都重了些，「陸星延，吃午飯了！」

在最後抱著懷裡的人衝刺的一刹那，陸星延忽然醒了。

就在這最後一刻。

他眼前發白，盯著天花板看了好一會兒，意識沒怎麼回籠。

床頭櫃上手機鈴聲響個不停，陸星延還處於半昏沉半甦醒的狀態，撈起來看了看，忽然就清醒不少。

『陸星延，你是睡到駕鶴西去了嗎？』

沈星若的聲音很平靜，在門外和電話裡雙重迴響，一聽就知道，這已經是要教他做人的前兆。

陸星延敷衍地應了聲，「行了，馬上來。」

沈星若也懶得理他，掛了電話就往樓下走。

就沒見過不學無術的同時還比她能睡的，每次只考那麼一點分數，他怎麼能做到心安理得閉眼睡十二個小時，換成是她，眼皮都不敢闔一下。

這邊被掛了電話，陸星延還保持著接電話的姿勢，一動也不動坐在床頭。

這他媽太不真實了。

只是一件內衣。

他竟然因為一件內衣，做了那種不可描述且十分具體的夢，對象還是沈星若。

靠！

他抹了一把臉，又看手機時間。

已經十二點了。

到底是做了多久的夢？

他怎麼記得這夢挺長，還挺可持續性發展的，從床上到浴室，快醒來的時候是在窗邊？

他正在仔細回想，手機忽然震了震。

名為「團結互助共建美好社會」的聊天群組裡，李乘帆分享了一個檔案——

『秋名山車神 .mp4』

群組裡很快有了動靜。

許承洲：『可以啊兄弟！』

趙朗銘：『大白天也不怕被吊銷駕照？帆哥厲害！』

李乘帆：『（胸前的紅領巾更鮮豔了呢 .jpg）』

靠，都是這群社會毒瘤三不五時傳這些東西荼毒了他這個根正苗紅的好少年！

群裡聊得火熱，陸星延面無表情看了看，準備扔開的時候，突然被 Cue。

許承洲：『陸少爺，還沒起床？昨晚做春夢去了啊。』

考試猜選擇題怎麼沒見他這麼準？

陸星延：『……』

陸星延：『你這傢伙遲早會被掃黃大隊抓進去蹲。』

傳完，他腦子裡又不可控制地回想了一下那個夢。

許承洲：『我靠，這種惱羞成怒的語氣是怎麼回事哈哈哈哈哈！』

陸星延打字打到一半忽然又刪了。

不行。

他立馬扔開手機，下床進浴室，洗澡。

洗完澡他把弄髒的床單扯了下來，扔在竹簍裡。

為免周姨進來幫他收了，他還把簍子先往衣櫃裡藏了藏。

做完這些下樓，她們已經在吃飯了。

他有意不看沈星若。

坐在沈星若對面，也只是盯著飯桌，悶頭吃飯。

沈星若瞥了他一眼，夾菜動作稍緩。

陸星延這人也是奇怪，去蒼蠅館子那天還嚷嚷著自己沒潔癖，可現在看起來，他好像已經是重度潔癖患者了。

不就是倒個垃圾，昨晚洗那麼長時間的澡，起床又洗。

他要是把對洗澡的認真執著用在讀書上，怎麼會考不到四百分。

第九章　校慶門票

這頓飯，陸星延吃得格外安靜。

全程只聽到裴月和周姨在聊天，沈星若話不多，偶爾會接幾句。

快要吃完的時候，裴月看了陸星延一眼，有點納悶，「怎麼，被灌啞藥了？」

陸星延：「……」

他可能是被灌春藥了。

見他不說話，裴月越發覺得奇怪，邊夾菜邊問：「你是不是闖什麼禍了？今天這麼安靜，不像你啊，我怎麼覺得這麼不放心呢。」

「……」

這是什麼絕世親媽。

陸星延無語，草草吃了兩口，放下碗筷起身，敷衍道：「沒睡醒，好了，我先回房了。」

裴月望著他懶懶散散的背影，若有所思，咀嚼的動作都放緩了不少。

等他徹底消失在樓梯轉角，裴月忽然放下筷子，往前湊了湊，壓低聲音和沈星若交代，「若若，裴姨下午要出門，妳在家幫我多看著他，有什麼情況，妳就打電話給裴姨。」

沈星若頓了頓，點頭。

裴月早和朋友們約好逛街打牌，吃完飯稍作打扮就拎著包包出門了。

周姨收拾好餐桌，列了張購物清單，等劉叔送完裴月回來，又和劉叔一起去超市採購。

沈星若本來想和他們一起去逛超市，但接了裴月的「重托」，還是留了下來。

春日下午的陽光暖洋洋的，又不灼人。

沈星若飯後閒暇，拿著灑水壺在小花園裡澆花，權當消食。

澆完前頭一片不知名的白色花朵，她回頭，不經意抬眼，忽地瞥見三樓窗臺那，有個腦袋鬼鬼祟祟地往外探了探。

她半瞇起眼打量──

那腦袋似乎是在確認劉叔的車已經遠走，確認完，又很快縮了回去。

她放下灑水壺回屋。

沈星若上樓的時候，陸星延剛好從樓上下來。

一個做賊心虛心不在焉，一個輕手輕腳無聲無息。

──兩人在二樓的樓梯轉角處撞上，都嚇了一跳。

沈星若上下打量著陸星延，見他拎了個竹簍，開門見山直接問：「陸星延，你鬼鬼祟祟的幹什麼？」

陸星延先是一怔，而後生硬地別開眼睛，下意識摸了摸脖頸，眼神四處亂飄。

「什麼鬼鬼祟祟……妳說話注意點，我就、就是下來洗個衣服。」

這麼緊張，話都說不完整了。

沈星若的注意力再次落到竹簍上。

最上面是一件校服外套，底下好像還有什麼別的東西。

她沒說話，頓了片刻，側身讓路給陸星延。

陸星延沒想到她這麼好說話，盯著她遲疑了幾秒，才繼續往下走。

沒走幾階，他回頭，「妳跟著我幹什麼？」

沈星若神色淡淡，「誰跟著你了，我不能下樓嗎？」

陸星延：「……」

能。

若姐才是女主人。

下到一樓，陸星延邊往後看，邊往洗衣機那邊走。

沈星若倒沒一直跟著他，去冰箱那拿牛奶了。

他鬆了口氣，打開洗衣機，將面上幾件作為掩飾的髒衣服扔進去。

手剛抓起床單的時候，他直覺不對，轉頭看了一眼——

只見沈星若喝著牛奶，悠悠閒閒站在他身後不到兩公尺遠的地方。

她的唇上沾了點奶。

聯想起昨晚的夢，陸星延感覺自己完全被帶進溝裡出不來了，手上動作也很僵硬。

沈星若掃了眼他簍子底下的東西，一眼就認出那是床單。

因為她房間的床單也是這個花紋，只是顏色不同。

一個床單，遮遮掩掩什麼？

對上沈星若審視的眼神，陸星延如芒刺在身。

其實被弄髒的地方只有一小塊，拿出來往洗衣機裡一塞也看不出什麼，他不斷幫自己做心理建設，企圖裝出一副若無其事的樣子——

「我……我就是，」陸星延閉了閉眼，有些挫敗，認命道，「大小姐，算我求妳了，妳能別盯著我嗎？」

沈星若沒出聲，在那站了一會兒。

忽然很出人意料地轉身離開了。

陸星延還等著被她瘋狂羞辱，忽然這麼走了，一時還回不過神。

隔著落地窗，看到沈星若拿著灑水壺澆花，他才手忙腳亂地將床單塞進洗衣機。

可下一秒，他沉默了。

這他媽，怎麼用？

現在的洗衣機也太高級了，按鍵比數學方程式還複雜，他研究半天，也不知道從哪下手。

五分鐘後，他敲了敲落地窗。

沈星若抬頭。

陸星延比劃著手勢，示意她進來。

她想了想，進去了。

「什麼事？」

陸星延不自然地咳了下，「那個，妳會用洗衣機嗎？」

「……」

沈星若沒說話，掠過他走到洗衣機前。

陸星延根本沒想過她不會，畢竟她看起來就是一副什麼都會的樣子。

沈星若安靜地站在洗衣機面前看了一陣子，然後在觸控面板上按了一下開始鍵。

嗯？

沒反應。

沈星若想了想，盯著浸洗、漂洗、洗滌、布類強洗、棉麻、化學纖維等一連串功能鍵看了老半天，然後罕見地進入選擇困難模式。

陸星延有些懷疑，「妳也不會？」

沈星若瞥他一眼，眼裡滿是「你在說什麼胡話」的高高在上。

她直接按下洗滌，然後洗衣機很不給面子地「滴滴滴」叫了三聲。

兩人皆是靜默。

陸星延想起什麼，問了句，「是不是沒加水？」

好像是。

沈星若找到了水量按鈕。

洗衣機終於在加水之後開始運行了！

兩人都暗自鬆了口氣。

正當沈星若準備功成身退的時候，陸星延又想起個問題，「是不是沒加洗衣精？」

「……」

他懂得還挺多。

沈星若在附近找了找，沒找到洗衣粉和洗衣精，一般洗衣服要用的東西，應該就在周圍才是。

陸星延也幫著找了半天，沒找到。

沈星若只好重新研究面板。

這一研究她才發現，原來洗衣精是內置在洗滌劑料盒裡的，只要選擇用量就可以了。

搞定這一切，沈星若感覺自己像解了一道數學大難題般，忽然有種莫名的成就感。

可陸星延的罪證進入洗衣機開始攪動後後，整個人就飄了。

他靠在一邊，忽然調侃，「我看妳剛剛高高在上的樣子，還以為妳對洗衣服也有一手呢。」

「這不是洗了嗎？」

沈星若面無表情。

陸星延：「如果不是我提醒要放水、放洗衣精，我看妳是打算乾洗吧。」

「……」

「我怎麼知道你沒有放水也沒有放洗衣精？你可真是毫無感恩之心，還挺會倒打一耙的。」

陸星延想說點什麼，可沈星若完全不給他辯駁的機會，冷冷覷過來，繼續道：「不就是尿床嗎？遮遮掩掩什麼，以你的智商尿個床也不算什麼驚世駭俗的事。」

「我來幫你洗衣服你還要嘲諷我，每天在這種毫無意義的小事上爭你贏我輸，又有什麼值得驕傲的。」

「證明我不會洗衣服你就能考贏我嗎？還是證明了我不會洗衣服你就能考四百分？」

「有這個浪費生命虛度光陰的功夫你還不如多寫兩道相似三角形的證明題，幼稚。」

「……」

陸星延半天沒回過神來。

不是，只是調侃兩句，怎麼就上升到浪費生命虛度光陰的程度了？

他沒有覺得驕傲啊。

不，不不不！

誰他媽尿床了？

陸星延回神往前走，下意識解釋，「欸，不是，沈星若！」

沈星若沒理他，徑自往樓上走。

「我靠，我沒尿床！」

陸星延沉浸在震驚中，完全想不通沈星若這一聲不吭怎麼就想到尿床上去了。

這他媽該如何解釋？

在「被誤會尿床」與「和盤托出結果被沈星若按進洗衣機當場絞死」的兩難抉擇中，陸星延最終選擇了閉嘴。

一言難盡的週末終於在互不裡會中宣告結束。

週日，兩人返校。

這兩天陸星延都沒睡太好，一沾上枕頭，就忍不住開始回想那晚的夢。

夢裡沈星若糾纏在他身上任他索取，哭起來嬌嬌軟軟的，鮮嫩美好，真的是比她張牙舞爪高高在上的樣子可愛多了。

在家睡不好，陸星延還在想到學校能不能睡得好一點。

可寢室裡都是些夜貓子，過完週末返校，都蕩漾得很。

趙朗銘和李乘帆很不要臉地在熄燈之後躲進被窩裡開始觀賞「秋名山車神」。

就連寢室裡最老實的邊賀都嘴上說著不看，身體卻很誠實地靠到了趙朗銘的床頭。

三人看著看著還交流起了觀影心得。

陸星延火大，「我靠，你們幾個真他媽夠了，還睡不睡？」

「延哥你過來啊！1080p超高清呢，這影片花了我六十塊！」

陸星延沒理他們，將被子往腦袋上一蒙，強行入睡。

雖然他可以拒絕觀看不良畫面，但李乘帆他們的討論源源不斷傳入了他的耳朵：

「胸型真的是絕了！」

「就是叫得有點假……」

「沒啊！很好啊！」

靠。

他們的每一個關鍵字，陸星延都無縫聯想到了那晚的夢上。

入睡前他還忽然有了個大膽的念頭，這個夢要是可持續發展到今晚的夢裡，那也是極好的。

緊接著他的理智回籠，又唾棄了一番自己竟然在想那個白孔雀，簡直是無恥。

不，簡直是眼瞎了。

沈星若並不知道這位多愁善感的小處男在想什麼，新的一週，她的事情很多。每天要抽空去琴房練一個小時的小提琴，還要準備下週的期中考。

明禮的慣例是小考很難，大考簡單。

期中考後一般要開家長會，家長滿心歡喜跑過來，總不能給個科科不及格的成績單，讓人失落難堪。

對大部分人來說，考試簡單是件好事。但對資優生來說卻不是，因為太過簡單，就很難拉開差距。最近沈星若寫題目的時候，解題步驟也寫得細緻了很多。

忙忙碌碌的，雖然有些累，但也很充實，不知不覺，這一週又到了週五班會。

這週班會是學習經驗分享。

從第十名開始，依次往前。

這樣的經驗分享會，從高一開始陸陸續續做過好幾次了。

臺上的人都覺得實在是沒什麼東西可講，臺下的人覺得都是些陳詞濫調，左耳進右耳出，非常形式化。

一直到翟嘉靜上臺，這種懶散不上心的狀態才有所改變。

因為翟嘉靜說的很新，有的聽起來還很有意思。

十分鐘後，翟嘉靜的分享結束。

「……這就是本次我想跟大家分享的學習經驗，希望能夠對大家有所幫助，謝謝。」

翟嘉靜聲音溫溫柔柔，說完還鞠了一躬。

臺下同學很給面子，送上了一陣熱烈的掌聲。

沈星若也鼓了鼓掌。

可何思越上臺的時候，她垂眸看了一下自己的本子。很不巧，翟嘉靜說的學習經驗裡，有三分之一都和她撞車了。

很快輪到沈星若上臺，她起身，沒帶講稿。

沈星若在班上很受歡迎，長得漂亮成績又好，對人友善還為班級爭光。

上臺還沒開口，臺下掌聲、歡呼聲就已經很熱烈了。

她正了正臺上的麥克風，沉吟片刻，說：「其實我本來準備一些學習經驗的分享，但前面已經有同學說過，而且比我想說的更完善，所以我就不再贅述了。」

臺下愣了愣。

沈星若又說：「我認為，學習敏感度是在沉浸式學習的過程中慢慢培養出來的，需要積累探索，很難一蹴而就。就像打遊戲的時候，你買了最頂級的裝備，擁有最豐富的攻略知識，但並不代表你是一個高手。」

「所以我想我們可以換一種形式，大家可以提問，我會在我的能力範圍內言無不盡，如果我說的不適合你，你也可以指出是哪裡不適合不合理，我們再一起調整成適合你的方式來試一試。」

臺下眾人面面相覷。

半晌，忽然有人舉手。

是一向文靜秀氣不太發言的阮雯。

阮雯問：「沈星若同學，我想知道妳是怎麼寫英語作文的，我看到英語作文題目的時候總是很暈，不知道從哪裡開始動筆。」

沈星若稍微思考了一下，說：「我寫英語作文的時候，首先會圈出題目中的關鍵字，比如上一次月考的作文……」

沈星若回答阮雯這個問題很仔細，的確是做到了她所說的言無不盡。

阮雯提問之後，陸陸續續有幾個同學舉手。

陸星延見沈星若這副態度友好的樣子很不適應。

在她和幾位同學討論完之後，忽然懶洋洋地舉起了手，直接提問：「沈星若同學，請問歷史要怎麼複習，我歷史都沒及格過。」

聽出陸星延活躍氣氛開玩笑的意思，臺下窸窸窣窣一陣笑聲。

沈星若瞥他一眼，平靜道：「陸星延同學，我覺得你不用急著複習，你可以先預習一下。」

教室陷入短暫靜默，王有福捧著保溫杯，坐在教室後面聽人發言，聽到這，忍不住咳了聲，然後翹起慈祥的嘴角。

班上同學也像是突然被按下開關般，集體爆發出一陣笑聲。

有些膽小的女生剛開始還不敢笑，憋著怕被陸星延找麻煩。

可其他人都在笑，而且語出驚人的沈星若還站在臺上穩如定海神針，根本沒在怕的，於是她們也都放心地笑了起來。

陸星延腦袋微偏，靠在椅背上，舔了舔後槽牙。

有什麼好笑的。

他環顧一圈，又上下打量著附近幾個笑得快要立即去世的狐朋狗友——

別人笑就算了，李乘帆和趙朗銘這兩個有什麼資格笑？

他踹了李乘帆的椅子一腳，滿臉寫著「有什麼好笑的以為你不用預習嗎？」、「你他媽再給我笑一下我就讓你立即去世！」，李乘帆這才一抽一抽地，稍微忍了一下。

「噗嗤——」

可是真的太好笑了，完全忍不住啊哈哈哈哈哈！

陸星延沒辦法，視線又轉回講臺。

沈星若倒是沒笑，神色自然得很，對上他的視線，也是一副居高臨下的樣子，彷彿在說「看我幹嘛？」、「又被我的絕世美貌震驚了嗎？」

不愧是孔雀中的戰鬥雀，隨時都是戰前準備狀態，一言不合就能把人嗆得永世不得翻身。

陸星延心梗三秒，忍了忍。

算了，他是好男人，不和女生動手。

下週就要進行期中考。

對期中考這種大考試，大家還是比較重視的。

畢竟新鮮出爐的考試成績將直接呈現在家長會上，同時也直接影響著下半個學期的生活品質。

等學習經驗分享會結束，王有福又做了幾句總結陳詞，讓大家週末好好複習。

這週末大家都不回家。因為週三的時候，數學老師和地理老師就來詢問過意見，最後決定週六下午再補兩節課，幫小雞仔們查漏補缺。

難得週末留校。

本想週六睡個好覺，可一大早就能聽見樓上的高三學姐們乒乒乓乓，四〇三寢室離樓梯口又很近，高三學姐們趕著去上早自習，腳步聲交談聲絡繹不絕。

沈星若被吵醒後，實在睡不著，索性起了床，和翟嘉靜一起去學校跑步。

石沁和李聽兩人倒是什麼環境都能睡得紋絲不動，沈星若和翟嘉靜出了門，她們都沒動靜。

沈星若和翟嘉靜一起下樓，見沈星若手裡拿了一疊資料，翟嘉靜隨口問了句，「星若，這是什麼？」

沈星若在看手機，直接將資料往旁邊遞。

翟嘉靜拿著翻了翻，邊往下走邊好奇地問：「這是閱讀理解的文章嗎？單字好像有點超過現在的範圍了。」

「《經濟學人》，」沈星若看了她一眼，「妳昨天分享經驗的時候不是說，妳現在已經在讀《經濟學人》了嗎？」

翟嘉靜稍頓，又挽了挽頭髮，笑道：「我只是在嘗試著泛讀，畢竟這個難太多啦。」

說完，她才注意到右上角加粗的 The Economist。

沈星若「噢」了聲，沒再問，又繼續看手機。

早上陽光略顯清冷，風裡帶著絲絲涼意。

跑道上有五、六個學生在跑步，有零星幾人沿著跑道外圈慢慢走，手裡還捧著書。

沈星若在體育器材旁停下，像模像樣地壓了壓腿當作熱身。

翟嘉靜也學她動了動。

兩人剛跑了半圈，就有一群男生拍著球，浩浩蕩蕩往小操場的方向走。

翟嘉靜望了一眼，說：「好像是李乘帆、趙朗銘他們。」

有李乘帆、趙朗銘，那肯定少不了陸星延，沈星若抽空望了一眼，發現距離太遠，除了能認出是男生的身影，完全看不出是誰。

沈星若：「妳視力真好。」

翟嘉靜：「……」

沈星若其實說得很真心實意，只是落在翟嘉靜耳裡，不知怎麼，就有點說不清道不明的諷刺。

她解釋道：「同學很久了，身影還是比較熟悉的。」

一行人走近了。

沈星若這才看清，果然是陸星延他們。

去小操場打球，要經過跑道，見到她們在跑步，趙朗銘熱情招呼道：「沈星若！翟嘉靜！」

李乘帆還朝她們吹了一下口哨，「看見了嗎，這就是女神們的自我修養，一大早就來跑步了。」

沈星若和翟嘉靜都放緩了腳步，和幾人打招呼。

陸星延被簇擁在中間，好像還沒睡醒，周身縈繞著睏倦的氣息。

他換了籃球衣，頭上綁著吸汗髮帶，帥是帥的，但就像被女鬼吸乾了精氣，走個路還一副隨時能表演一秒入睡的樣子。

沈星若正好有些口渴，見他手裡拎了瓶礦泉水，很自然地伸手說：「陸星延，水給我喝一下。」

陸星延也很自然地遞了過去。

順便懶洋洋調侃了一句，「妳這短腿，還跑什麼步。」

沈星若沒理他，等喝完水，才邊擰瓶蓋邊說：「你不是喬丹，不是也在打籃球嗎。」

陸星延偏頭輕笑。

沈星若心情還挺好，盯著他頭頂那根不安分豎起來的呆毛看了一會兒，順便教書育人了一回，「陸星延，你走路能不能有點精氣神，你這樣子，是不是晚上做多了不可描述的夢被抽乾了精氣？」

陸星延瞬間清醒，差點就脫口而出一句「妳怎麼知道」。

「你沒睡醒的話，就多睡一會兒再出來為禍人間，你如果能拿出打籃球的一半熱情放在讀書上，怎麼會考不到四百分。」

「……不是，四百分妳還要念多久，過不去了是吧？」

「你考不到，還不讓人說？」

其實這不能怪沈星若，她待在陸家的時候，裴月一說起陸星延就特別怨念，老是說他上高中以來沒考過四百分，沈星若聽多了，滿腦子也都是四百分、四百分。

陸星延抬了抬下巴，腦子空空但膽子挺大，直接撂話道：「行，那我這次考試考到了怎麼辦。」

「你想怎麼辦？」

他思考三秒，眼中閃過一絲戲謔，「我考到了，妳就答應我一件事，至於是什麼……等我想好再說，最多也就是讓妳做牛做馬幾天，別怕。」

沈星若偏頭打量他，安靜片刻，忽然說：「我發現你讀書不怎麼樣，夢倒做得不錯。」

沈星若：「你能不能考到四百分，和我一毛錢關係都沒有，我為什麼要答應你。」

她順手拉下陸星延的髮帶，遮住他的眼睛，「繼續做夢。」

我靠，怎麼不按正常劇情發展？

陸星延傻眼的瞬間，沈星若將水瓶往他手裡一塞。

眼瞼下方透光，他能看到沈星若往後退了兩步，大概是繼續跑步去了。

這女的可真是。

喝他的水還Diss他，真是沒一點拿人手短吃人嘴軟的意思。

陸星延扯下髮帶重新戴好，然後盯著沈星若的背影，擰礦泉水瓶。

也真是神奇，這他媽一大早被Diss一通，頭也不暈了睡意也沒了，耳聰目明的，一口氣投六個三分球都不費力呢。

等他喝完水，旁邊李乘帆才後知後覺來一句，「不是，延哥，這水剛剛沈星若喝過了吧。」

陸星延瞥他，沒接話，只是正面對著他，又連喝了三口。

喝過又怎樣？

就要喝，就要喝！

沈星若和翟嘉靜一起跑了三圈，然後去外面買早餐。

買好早餐後，沈星若直接去教室自習了，翟嘉靜說還有東西忘了拿，要回一趟寢室，於是兩人在校門口分道揚鑣。

翟嘉靜回寢室時，李聽和石沁都起床了。

李聽剛洗漱完，正在塗面霜，見翟嘉靜回來，和她打了個招呼。

翟嘉靜也和她招呼一聲，然後在寢室裡望了一圈，問：「沁沁呢？」

「早上洗衣服的人比較少，她去排隊等洗衣機了。」李聽塗好面霜，看見翟嘉靜手裡提著煎餅，眼前一亮，「欸，靜靜，帶早餐啦。」

翟嘉靜本想說些什麼，忽地又停下，轉了話頭，「噢，這個，這個不能給妳，這是星若買給沁沁的早餐，她去自習了，讓我幫忙帶回來。」

一聽這話，李聽收回了手，「哦」了聲，滿臉不高興。

翟嘉靜將早餐放到石沁桌上，又轉身問李聽，「我還有餅乾和牛奶，妳等一下，我拿給妳。」

李聽回頭，這才有了笑臉，上前抱住她，「還是靜靜妳人最好。」

翟嘉靜笑了笑，沒說話。

李聽昨晚就在寢室說，今天上午要和三班的女生一起去逛街，如果下午補課沒來得及回來，讓她們幫忙掩護。

這時隨便吃了點餅乾牛奶，換上漂亮衣服，就急急忙忙出門了。

石沁回來，見翟嘉靜在寢室，順口問了句，「欸靜靜，妳早上去哪了。」

「我和星若一起去跑步了，她直接去自習，我有點東西沒拿，就回來了。」翟嘉靜正在翻書架，又說，「對了，帶了個煎餅給妳，可能有點涼了。」

石沁洗衣服排了好久的隊，正餓得頭暈眼花，見到煎餅宛如見到救濟糧，「哇」了一聲，「靜靜妳是什麼神仙室友！我快餓死了！正準備放了桶子就下去買早飯呢。」

「順手嘛。」

翟嘉靜笑了笑。

期中在即，補課的週末好像也沒那麼難熬了。

下課休息時有人在討論考後的校慶。

這次校慶在明禮大禮堂舉行。

明禮的禮堂前兩年才重新擴建過，可以同時容納一千五百人。

可三個年級加起來有四千多人，肯定沒辦法全都進去觀看。

大家正在討論怎麼進去，何思越忽然拿了一疊票進教室，站到講臺上通知說：「校慶的票已經發下來了，每個班只發十張，有想去看的同學可以到我這裡來領，先到先得……」

他剛說到這，臺下就一陣：「我我我！」

還沒等他繼續說，一群小雞仔就像龍捲風般捲到臺上，將十張票一掃而空。

何思越光禿禿杵那裡，哭笑不得。

下了臺，他和沈星若打趣道：「這次肯定是因為有妳上臺表演，所以大家才這麼熱情。」

沈星若還沒接話，陸星延就輕哂了一聲，在一旁唱反調，「這有什麼好搶的，不就是個校慶，無聊。」

「……」

沈星若用一種「那你可千萬別去」的眼神瞥了他一眼。

很快便到期中考試。

這次期中考試還是穩定地保持了明禮的傳統，相比上一次月考，題目顯得善解人意許多。

考完，大家都鬆了口氣。

後天就是校慶，最後一堂考試結束，沈星若本想收拾書包去琴房練琴，可無奈第一考場的學霸們都非常的勤奮好學、求知若渴、爭強好勝。

一考完，大半數人都蜂擁至門口——沈星若的座位。

「沈星若，閱讀理解第三小題妳選了什麼？」

「聽力最後一題填空妳知道填什麼嗎？我怎麼聽都沒聽出來！」

「ＡＡＣＤＣ，閱讀理解第一段是不是選這個？」

陸星延從光明頂下來，就看到坐在第一考場第一個座位的沈星若像大貓熊般被團團圍住，一群小雞仔圍著她嘰嘰喳喳。

偏偏他這些光明頂的難兄難弟們毫無羞恥之心，還與有榮焉般自豪道：「沈星若就是神，長得漂亮功課竟然還這麼好。」

李乘帆：「對，平時二班那幾個人驕傲到都不知道地板長什麼樣，現在還不是乖乖問沈星若答案，嘁。」

陸星延就納悶了，「那他媽又不是問你答案……你驕傲什麼？」

李乘帆坦坦蕩蕩，「沈星若可是我們班的，這不是集體榮譽感嗎？」

「……」

「你閉嘴吧，她應該不想跟你這種光明頂教徒有什麼集體榮譽感。」

李乘帆是堅定的白孔雀粉頭，想都沒想就反駁道：「延哥你這話就沒意思了，若姐人美心善，根本就不是你說的這樣，你不要嫉妒她……」

「我嫉妒她什麼？李乘帆你給我閉嘴，別他媽突突突放屁放個沒完。」

「延哥你火氣別這麼大，同學優秀你應該高興才是。」

趙朗銘也嘴賤地接了一句。

陸星延視線掃過去。

趙朗銘毫無所覺，還拍著李乘帆肩膀一臉可惜地說：「上次沈星若的鋼琴彈得真好，主要是人長得漂亮，欸，這次不去看還是挺可惜的。」

陸星延本來想罵他幾句的，聽到這，忽然話鋒一轉，「不去看什麼，校慶？」

「對啊，好不容易校慶放半天假，當然要出去嗨啊，欸，我們去哪？不如玩桌遊？」

陸星延緩了緩，半晌沒說出話。

李乘帆他們平時最愛湊熱鬧，屎都要湊上去聞一聞到底臭到了什麼程度。

他還以為不用說，這幾個人肯定會弄來一疊票。

不去？

那這幾個垃圾還有什麼用？

剛考完試，小雞仔們都比較放鬆。

對自己有信心的，早就對完答案，估出了大概分數；對自己沒信心的索性懶得去看答案，輕鬆一天是一天。

因為校慶，學校這兩天顯得格外熱鬧。

校外文具店都在賣明禮的校徽明信片、馬克杯，今年還有美術生和學校合作，幫一些比較受歡迎的老師畫了Q版人物，然後做成各類周邊，在校門口搭了個棚子，獨家販售。

下課的時候，陸星延和李乘帆他們去洗手間抽菸。

李乘帆和趙朗銘邊抽邊聊遊戲，陸星延心不在焉，有一搭沒一搭抽了半根，忽地按滅菸頭往外走。

李乘帆：「欸延哥，怎麼走了？」

陸星延頭都沒回，「快點，外面等你們。」

出了洗手間，他倚在欄杆邊，抵出一片口香糖。

旁邊女廁有女生在外間，邊洗手邊討論：

「李德明那個Q版真的好可愛哦，比他本人可愛多了，我買了一整套。」

「梁棟的也可以，你看平時梁棟那一板一眼的……不過王有福的感覺就很一般欸，我都沒買他的。」

「對，他那個畫得還沒他本人有意思。妳說起這個我就想起來了，本來之前就要跟妳講，突然上課我就忘了。」

「什麼什麼？」

「我今天上午去社會科辦公室的時候，王有福和李德明就在吵，欸也不是吵，反正就是在爭，李德明還嘲諷王有福，意思就是說他不受歡迎，周邊銷量在老師裡墊底，大概就是這樣，我看王有福的表情，都快氣死了。」

「哈哈哈他們這麼幼稚的嗎？」

「我們年級好多老師都特別幼稚好不好，我聽到都快笑死了。」

確實是很幼稚了。

陸星延聽了一耳朵，輕哂。

很快李乘帆和趙朗銘出來，三人往班上走，又聊起別的話題，這老師間幼稚的小八卦在陸星延腦裡過了過，很快被拋諸腦後。

剛考完期中，馬上又是校慶，老師也知道小雞仔們暫時收不了心，講課也講不出什麼效果，所以週三的課，大多都讓他們自習了。

沈星若整個下午都請了假，要去禮堂彩排，可能要到晚自習的時候才會回來。

她走之前，何思越想起什麼，轉過頭來跟她講，「對了沈星若，妳是校慶表演人員，學校單獨發了票，我差點忘了。」

說著，他找到門票遞給沈星若，「妳可以送給妳室友她們。」

「噢，謝謝。」

沈星若接了，數了數，有五張。

她隨手放進書包外袋裡。

正是下課時間，趙朗銘湊在李乘帆那打遊戲，見沈星若起身，兩人一唱一和調侃。

趙朗銘：「若姐妳要去彩排吧？別緊張啊，真的，妳隨便彈彈就秒殺全場了。」

李乘帆：「趙朗銘你倒是難得說一回人話，對了若姐，這次我們就不去校慶了，但我們的心永遠與妳同在啊！」

他的眼睛在手機螢幕和沈星若身上來回飛著，還不忘騰出一隻手，往腦袋上凹出一半心形。

趙朗銘也是默契，順勢凹起另外半邊心形。

兩人腦袋歪了歪，湊到一起，給她比了個大愛心。

沈星若無言，略略點頭，就往外走。

陸星延見這兩人油膩的模樣，十分不順眼，沈星若還沒出教室，他就一腳踹上了李乘帆的椅子，「你們少他媽噁心我。」

「靠！延哥你抽什麼羊癲瘋，我的技能都被你踹沒了……我靠！只剩一絲血了！」

趙朗銘睜大了眼。

「你一個破青銅等級倒是挺會甩鍋，菜。」

陸星延順勢搶了他手機，自己接著這局繼續。

時序近夏，太陽明晃晃掛在空中，陽光從窗格灑落進教室，整個下午都暖洋洋的。

按理說，這時正好睡覺，班上同學睡倒了一大片，可陸星延不知怎麼，完全沒有睡意，時不時盯著沈星若的書包看。

最後一節地理又是自習，老師吩咐完兩頁習作作業，就坐在講臺批改作業。

陸星延玩了一會兒手機，抬起頭時，見周圍的人不是在睡覺就是在安靜寫題目，忽然有了個大膽的想法。

他將手機塞進抽屜，打著呵欠，漫不經心拿起一枝筆，然後打開習作本，寫寫畫畫。

寫著寫著，他好像有什麼東西不見了，前前後後地找，然後又拎起沈星若的書包隨便翻了翻。

見旁邊李乘帆正伏在桌上，睡得像死豬般安詳，他不動聲色從書包外袋抽出一張校慶門票，然後又沒事人似的，把沈星若的書包放了回去，繼續在練習冊上寫寫畫畫。

不遠處寫題寫累了正想喝口水的阮雯，被他這一連串舉動驚得眼睛都不眨了。

最後這節地理課下課，大家都鬆了口氣，還有人剛睡醒，在座位上邊打呵欠邊伸懶腰。

緊接著是一陣桌椅推拉，小雞仔們三三兩兩起身，去校外覓食。

陸星延不知道什麼時候開始睡覺的，反正鈴聲沒吵醒他，教室裡的響動也沒吵醒他。

趙朗銘本來想拍他肩膀，叫他起來一起去吃飯。

李乘帆及時拉住了，「找死啊你，別叫他，他起床氣重著呢，而且你沒發現今天他特別躁嗎？」

「有嗎？」

趙朗銘一臉狐疑，但身體還是很誠實地展現出貪生怕死的一面，他不僅沒再伸手，就連聲音都不自覺下降了八個度。

李乘帆和趙朗銘都不叫他，別人自然不敢打擾。

漸漸地，人都離開了，教室裡聲音越來越小。

等到教室差不多沒聲的時候，陸星延才一副睡眼惺忪的樣子，抬起頭來。

見教室裡只有兩個女生坐在一起吃水果，他忽然裝都懶得裝了，大搖大擺起身，行動敏捷地離開了教室。

那兩個女生剛剛還在用氣音聊陸星延，這時一看，人突然不見了。

兩人面面相覷。

只要是學校，校外就少不了早餐店、文具店、小吃攤，當然也少不了影印店。

因為早餐店和文具店們過於強勢，明禮附近的影印店都被擠到了書香路盡頭，四、五個店面整整齊齊排成一排，看起來不爭不搶的，非常和諧非常友好。

陸星延挑了家看起來最高級的，招牌上羅列的業務範圍有十幾二十種。

這時候店裡沒什麼人，他推門而入，直接拿出那張門票，對坐在電腦前修圖的老闆晃了晃，「老闆，能不能幫我印一張一樣的。」

老闆起身，從他手裡接了票，仔細打量一會兒，神色忽然有些怪異，「你是要彩色影印一下還是要用銅版紙之類的？」

陸星延哪裡懂那麼多五花八門的，開門見山直接道：「就做成一模一樣，能拿來用的。」

老闆上下打量他，神色愈發怪異了。

陸星延覺得莫名，又說：「錢不是問題。」

錢當然不是問題，但你很有問題啊。

好端端的做假票是怎麼回事。

老闆心裡嘀咕著，又將票遞還給他，「這個不行，你們學校這票做得挺高級，是掃描驗票，只是這樣印出來沒用的。」

他忍不住又問：「不過你印這個幹什麼，這雖然只是個校慶的票，但偽造門票是違法的啊。」

「……」

「您可真是遵紀守法。」

那還開什麼影印店，怎麼不去教公民與社會。

老闆聽到這話，還挺得意，「那是，說出來你可能不信，我以前念書的時候就是學校的糾察隊長，專門檢查各個班不守規矩的。」

陸星延無語，沒多理他，往後退了兩步，推門往外走了。

最高檔的這家辦不到，其他幾家一個個問過去，自然也辦不到。

陸星延拿著票往回走，忽然覺得自己真是著魔了，簡直和個傻子似的。

不就是個校慶，值得這麼大費周章嗎？

他下定了決心，不去這破校慶。

可剛進校門，又見賣老師Q版周邊的棚子裡圍了不少人。

那麼一瞬間——

陸星延想起了抽菸時聽到的對話。

有個念頭蹭蹭蹭地在腦海中炸開，炸成了一腦袋煙花。

他走過去，一副懶懶散散的模樣。

有人認識他，低聲討論著，又不自覺往旁邊讓了讓。

顧攤的女生也認識他，忍不住多看了幾眼，還有點害羞。

他沒抬眼，隨手拿起個冰箱磁鐵瞧了瞧，問：「王有福的有嗎？」

「王老師的都有。」

女生默默在心底補充：根本沒賣出去幾個。

於是陸星延雲淡風輕地裝模作樣，「他的，我包了。」

這麼大手筆，圍觀的小雞仔們自然要來一個驚訝、傻眼、抽涼氣三部曲，只有陸星延像買了幾根小白菜一般，滿臉的不以為然。

東西這麼多陸星延也懶得拿，付了錢讓人直接送到一班，人手一份，多了就送去四班——因為王有福也教四班的公民。

當然更重要的是，四班班主任是李德明。

陸星延回到教室就把票放回去了。

不出所料，晚自習剛開始沒多久，王有福找人來叫他，讓他去辦公室。

陸星延走至門口，剛好遇上沈星若回教室，可能是因為表演需要，她披散著頭髮，這時正在綁馬尾。

錯身而過的瞬間，陸星延聞到了她脖頸間和自己一樣的青草味道，好像還混合了淡淡的少女馨香。

不知怎麼的，他翹了翹唇角。

沈星若忙著彩排，連晚飯都沒吃，這時餓得已經沒什麼精神了。

她只帶了盒牛奶，喝到一半，何思越轉過來，壓低聲音問：「吃晚飯了嗎？」

沈星若搖頭。

何思越笑，「我有朋友也在彩排，彩排的時候還傳訊息給我，讓我幫他帶吃的，我就猜到妳肯定也沒吃。」

這週輪換的座位剛好是監視器底下，死角位置。

何思越抬頭看了看，從桌底遞給她一個三明治。

沈星若稍頓，又放下牛奶，和他道謝。

「小事。」

何思越笑了笑，腦袋朝桌面偏了偏，示意自己繼續寫題目了。

沈星若點頭，也友好地彎了彎唇角。

她覺得，何思越是個很不錯的男生，溫和又懂事，還很樂於助人。

雖然長相沒有陸星延那麼張揚搶眼，但笑起來的時候也很好看，牙齒瑩潤整齊，總給人一種如沐春風的親近感。

下了第一節晚自習，沈星若才拆開三明治。

坐在後面一點的阮雯忽然跑過來，見陸星延還沒回來，她坐在他的座位上，湊過去和沈星若說：「星若，我跟妳講一件事。」

沈星若邊吃邊「嗯」了聲。

憋了半個下午，這時阮雯卻有點難以啟齒。

她拖拖拉拉猶豫半天，又時刻留心著陸星延會不會突然出現在前後門，好半晌才小小聲說：「今天上地理課的時候，我看到陸星延翻妳的書包了……」

沈星若咀嚼的動作緩了緩。

阮雯怯生生地，繼續道：「好像拿走了什麼東西，就在外袋，妳要不要看一下？」

說完她又補了句，「也許是我看錯了，還有可能，他有什麼東西落在妳這了……」

沈星若放下三明治，打開外袋。

阮雯：「少了東西嗎？」

一二三四五，沈星若展開數了數，「沒少。」

另一邊，辦公室內。

王有福苦口婆心唇角帶笑地教育了陸星延一番，「……我們不要在意這些形式化的東西，這些東西於老師的教學、於你們的學習，那是沒有實際用處的。」

「陸星延，我知道你家裡條件好，但是也不能這麼浪費啊是不是，一百多份呢，一下子就被你買空了，我們班同學都分不完，還要分到四班。」

一旁李德明扶了扶眼鏡，看著王有福那副尾巴能翹上天的樣子，無語地啜了兩口茶。

陸星延連著「嗯」了好幾聲，又接話，「主要是王老師你太受歡迎了，校慶一年才一次，破費一點是應該的，而且王老師你的周邊以後也是很有紀念價值的。」

王有福嘴角瘋狂上揚，眼睛都笑成一條縫了。

李德明實在是看不下去，擱下茶杯起身，氣呼呼地往外走，走到門口還回過頭，對王有福指指點點一番，「腐敗！」

王有福笑瞇瞇地搖了搖頭，目送李德明被氣得走路亂竄。

終於在周邊人氣上扳回一城，王有福簡直是通體舒泰。

陸星延把該配合的演出都演完了，終於提起演出費一事。

他咳了兩聲，狀似不經意般問道：「對了王老師，這次校慶的門票您還有嗎？李乘帆和趙朗銘他們特別想去看。」

「有有有，你們去看看校慶，那是好事。」

王有福笑得燦爛。

剛好有人敲了敲門。

王有福後半句沒來得及和陸星延說，先喊了一聲：「進來。」

陸星延也回頭看了一眼。

是阮雯和沈星若。

看她們的樣子，應該是剛來，剛剛的話應該沒聽到。

可看到沈星若，他就直覺不太對，心裡想：王有福可別多嘴提什麼李乘帆、趙朗銘想看校慶害他露餡。

這想法剛在腦海裡過了一遍，下一秒，他對自己的毒奶就乘以十倍地，被王有福實現了——

「欸沈星若妳來得正好，剛剛我不是把剩下那些校慶的票給妳了嗎，妳拿幾張給陸星延，他和李乘帆，還有那誰，哦對，趙朗銘，他們三個想去看。」

陸星延：「……」

沈星若：「……」

兩人視線在半空中相接。

彼此眼中都充滿了複雜的情緒。

陸星延很難形容那一刹那的心情。

露餡就露餡，為什麼還要加油添醋帶上他也很想去看？

他的心裡忽然波濤洶湧澎湃海嘯地震土石流塌方……特別想下一秒把王有福那些醜周邊通通退貨。

五分鐘後。

阮雯留在辦公室統計作業評分。

陸星延和沈星若一起離開了王有福的辦公室。

陸星延還在為自己辯解，「其實是我三班的幾個朋友想去看，但是我如果跟王有福說想幫三班的要票，他肯定不會給，他和三班班導有仇，妳是新來的不知道。」

他還想順便岔開話題，「說起來王有福也真是的，一樓這幾個班的班導他都結上仇了。」

見沈星若無動於衷進了教室，他又掰回來，作出副無語的樣子力證明自己的無辜，「我真的沒有想去看，妳去彩排之前也聽到了，李乘帆和趙朗銘都說了不去，我們早就約好了去打撞球，妳不想給票就算了，我到時候讓三班那幾個自己去找票。」

沈星若沒說話，坐進座位。

等陸星延也坐下來，她忽然將多餘的票都擱在他桌上。

「不用解釋了，我懂。」

陸星延困惑，「妳懂什麼了？」

沈星若雲淡風輕地打開作業本，說：「你就是被我的絕世美貌震驚了，想看我表演，所以不用解釋了。」

第十章　英雄救美

陸星延腦袋空白幾秒，看了看桌面上的票，又看了看沈星若。

「妳一個女生，我真的是服了妳了，動不動就把、就把誇自己的話掛在嘴邊……」

陸星延被沈星若那話震住了，話都說得磕磕絆絆，停頓幾秒，又問：「妳知不知道『羞恥』兩個字怎麼寫？」

「國文連一百分都考不到，還趁人不在亂翻別人書包的人，有什麼資格教訓國文年級第一不知道怎麼寫『羞恥』？」

沈星若說完，還抬眼瞥他，欣賞了一下純種小菜雞的變臉過程。

這過程大約持續了三十秒，陸星延終於反應過來，「誰跟妳講我翻妳書包了。」

頓了頓，他又承認，「我是翻了，但我那是，我有個講義不見了，就想看看有沒有在妳那。」

沈星若用一種「你能有什麼講義」的眼神覷著他，很快又收回視線，繼續寫練習題，顯然是懶得再聽他漏洞百出的解釋。

沈星若當然還沒自戀到以為陸星延真是為了她才費盡心思弄票。

——在禮堂彩排的後臺，她遇見了陳竹。

剛開始她還沒認出來，只是覺得這女生長得漂亮，美得明豔，還有點眼熟。

等人湊近了跟自己搭話，她才有些印象。

「嗨，妳是沈星若吧？我是三班的陳竹，上次節目評選的時候我聽妳彈過鋼琴，妳好厲害！」

沈星若沒反應，陳竹還補了句，「我和妳的同學陸星延認識，還有妳們班李乘帆、趙朗銘什麼的，我們經常一起玩。」

「噢，妳好。」

沈星若應了聲。

在聽到陸星延名字時，終於將眼前這人，和之前在落星湖邊哭得彷彿要立即去世的女生連結在一起。

其實在學校沈星若也見過她很多次，畢竟就在同一個層樓，下課上個洗手間都能碰面。再加上陳竹也算年級裡的知名人物，寢室裡還有李聽三不五時說一遭，沈星若就是記性再差，也該對她有些印象。

可這些在學校裡的印象，都遠不如那次在落星湖偶然撞見給她留下的印象深刻。

還沒到兩人上臺，陳竹特別自來熟地湊在沈星若身邊說起話來。

沈星若不怎麼接話，只邊聽她說，邊幫琴弓上松香。

女生聊天，總要找點都熟悉的才好打開話題，陳竹不免提到幾次陸星延。

聽她說陸星延時的語氣態度，沈星若感覺，自己之前對他們兩人關係的理解可能出現了一些偏差。

好像並不是前任男女朋友。

彩排完，沈星若去了趟洗手間。

出來的時候，聽到來幫陳竹撐場子的許承洲和另外一個男生在走廊說話。

許承洲正好在調侃，「真是說移情別戀就移情別戀了，之前明明是陸星延自己說喜歡陳竹，那時真心話大冒險妳不是也在……」

不巧，沈星若只聽見了後半句。

再往後的她也沒聽到，許承洲他們人高腿長，步伐邁得也大，很快就轉過彎走了。

她也就那麼一聽。

回到教室阮雯說陸星延翻她書包，再到王有福辦公室……前前後後聯繫起來，沈星若忽然對陸星延有些改觀。

不就是追女生？

他還挺純情的，繞這麼大彎。

不知道是不是因為白天彩排太累，回到教室晚自習沈星若總有點心不在焉。

陸星延拿走了三張票，學校發的、王有福給的，加起來還剩下七、八張。

石沁她們早就拿到了票，剩下這些沈星若拿了也沒什麼用處，留一張給阮雯，其他都還給何思越，讓他幫忙發掉了。

晚上回寢室的路上，照例是沈星若、翟嘉靜和石沁三個人一起走。

石沁關心，問了問她彩排情況。

倒是翟嘉靜敏感，從她的回答裡聽出點不對勁，忽然問：「星若，妳不是彈鋼琴嗎？」

「這次舞臺不能放鋼琴。」

石沁也發現了她話裡奇怪的地方，順著接下去問：「所以妳就換成了拉小提琴？」

她滿臉驚訝，語氣中也充滿了不可思議。

沈星若「嗯」了聲。

大家都只知道她節目評選過了，理所當然以為校慶上她也會表演鋼琴。

這些天去琴房練習，大家也都默認她是去練鋼琴了。

沒人問起，沈星若自然不會自己往外說，所以這些天，班上除了何思越，沒人知道她已經換了表演節目。

「天哪妳竟然還會拉小提琴！妳能告訴我妳還有什麼不會的嗎！」

「而且我竟然現在才知道，星若妳也太厲害了！」

石沁很有作為粉頭的自我修養，馬屁拍得震天響，誇起來都不重複的。

一旁翟嘉靜沒說話，倒想起些什麼來了。

次日週四。

天公作美，豔陽高照。

明禮門口拉起了慶賀校慶的長條橫幅，還擺滿了校友們送來的慶典花籃，入校右側，平日用來放喜報的電子螢幕正滾動著歡迎詞。

好像來了幾位大人物，有頭有臉的校友都特地提了名字。

上午的教學安排是正常上課，但大家也沒什麼心思好好上課。

走廊時不時就有學校長官領著人經過，教室外的人往裡看，教室裡的人也忍不住往外面探頭探腦。

沈星若覺得，這就像遊客和動物園的小猴崽一樣，你看看我我看看你，還挺有來有往。

又一波遊客走過。

沈星若正這麼想，旁邊陸星延來了句，「妳說他們看什麼看，有什麼好看的，我怎麼覺得這麼不舒服呢。就和那電視臺播的農業節目似的，一群人經過豬圈還指指點點評頭論足，欸這群豬養得挺不錯，正宗花豬肉。」

沈星若：「……」

這個人是不是傻子。

竟然還有人急著把自己比喻成豬圈裡的豬。

她默了默，說：「看不出來你竟然挺有上進心，還看這種節目。」

陸星延下意識就解釋：「不是，是我爸有時候會看，欸真的不是……妳這是什麼眼神？」

沈星若：「看花豬的眼神。」

陸星延：「……」

好不容易熬完上午的課，大家都格外雀躍。

下午放半天假，有票的可以去看校慶，不想去看的也可以自由安排時間。

在高中可以自由支配時間少之又少的三年裡，每一次放假都顯得格外珍貴。

沈星若時間緊，還要換演出服化妝，隨便吃了點東西就去了大禮堂。

陸星延硬著頭皮從沈星若那拿了三張票，一個人去看感覺很奇怪，於是強拉上了李乘帆和趙朗銘，說王有福為了感謝他買周邊塞給他的票，讓他們三個必須去看。

李乘帆百思不得其解，「王有福是不是瘋了，為什麼逼我們去看校慶？」

陸星延斜眼睨他，「你不去看校慶，鬼知道你這半天在外面要惹出什麼事情，你自己心裡也沒點數。」

李乘帆：「……」

這明獎勵暗管束的做派，倒也很符合王有福的個性。

李乘帆接著抱怨了兩句，倒沒再質疑。

下午兩點，校慶典禮準時開始。

陸星延拿的這幾張票位子還比較靠前，可就是，太靠前了……他們旁邊正好坐著王有福。

陸星延不動聲色地表演了一把眼疾手快，坐在中間，隔開了王有福和李乘帆、趙朗銘他們。

剛好李乘帆、趙朗銘也不想坐在王有福旁邊，連玩個手機都不自在。

前面大半個小時，都是主持人串詞和長官、知名校友上臺講話。

陸星延心不在焉，時刻提防著李乘帆、趙朗銘這兩個傻子語出驚人，越過他去問王有福為什麼要逼他們來看校慶之類的。

好在李乘帆、趙朗銘求生欲很強，根本就不敢在王有福面前多說什麼，生怕他起了話頭收不住，又從頭到尾把他們兩個 Diss 一通 Diss 到懷疑人生。

冗長致辭過後，終於迎來了正式的表演。

沈星若的表演被安排在第六個，前面幾個節目分別是合唱、朗誦、舞蹈、獨唱，還有相聲。

高一小學弟們的相聲講得很好，臺下氣氛完全被調動起來，節目結束，掌聲如潮。

主持人們又串了幾句詞，然後報幕道：「……接下來讓我們有請，高二一班的沈星若同學帶來的小提琴獨奏——《卡農》！」

聽到是沈星若，高二的同學都有點期待。

陸星延面無表情聽完一個相聲，也終於掀了掀眼皮，只是好像哪裡不太對……

這不對勁的地方，李乘帆先問了，「欸沈星若怎麼是小提琴獨奏，是不是搞錯了，她不是鋼琴嗎？」

話音未落，就見沈星若身著一襲白色及膝禮服裙，長髮披肩，一手執琴，一手執琴弓，從幕後緩緩走至臺前。

臺上原本是暗的，在主持人報幕後，才有追光燈打在角落，隨著沈星若的步伐，一路移至舞臺中央。

台下烏壓壓地坐了上千人，但很安靜。

沈星若鞠了躬，然後將琴身搭至鎖骨，腦袋微偏，左下顎靠在腮托上，琴弓從容從弦上滑過。

一班來看表演的同學都驚呆了。

陸星延靠在座位上，眼睛眨都不眨。

她今天化了點妝，唇色比平日要紅上幾分，其他的倒是看不太清楚。

只覺得她整個人站在那，直而清冷。

光束變化時，她身上那件禮服有銀色流蘇熠熠生輝，身體稍稍晃動時，更是流光溢彩。

《卡農》是劉芳老師建議沈星若拉的。

在大眾表演場合，太過陽春白雪也只會是曲高和寡，基此考慮，她本來想拉《G大調第三協奏曲》或者是《霍拉舞曲》，都是適合表演的曲目，但劉芳還是嫌不夠大眾，說要那種大家都聽過的才好。

果不其然，進入高潮部分後，臺下就有不少觀眾開始搖頭晃腦。

李乘帆還沉浸在震驚當中，小小聲驚嘆，「沈星若還有什麼不會？這是什麼仙女？」

陸星延沒理他。

她會拉小提琴，陸星延其實並沒有特別驚訝，因為她媽媽就是很有名的小提琴家，她會一點那是應該的，只是這話他不可能跟李乘帆講。

演奏進行到一半的時候，何思越捧著一束花過來，和王有福說：「王老師，花買來了，我去前面送吧。」

王有福陶醉的搖頭晃腦中，本來正準備點頭，忽然又想起一件事，「別，你去幫我找一下鄧老師。」

說著又轉頭，「你去吧，陸星延，你起來，去前面等著，送花給沈星若。」

莫名被 Cue，陸星延還陷在靠椅裡大爺似的環抱著胸，動都沒動。

旁邊李乘帆、趙朗銘倒是主動，一個接一個地爭搶：

「我，王老師我去送吧！」

「我去送、我去送！」

王有福瞥了他們兩個一眼，目光略帶嫌棄，還是將陸星延提起來了，「我特地讓何思越用買班費買這麼大一束花，就是要給我們班掙點面子，你瞧瞧沈星若長得漂漂亮亮的，那上臺送花的也必須要形象好，你瞧瞧你們兩個校服都不好好穿……」

陸星延漫不經心地笑了一下，起身，順勢拉起一半校服拉鍊，一副吊兒郎當的樣子。

李乘帆、趙朗銘傻眼。

陸星延他難道就有好好穿？

他除了臉長得好看，這站沒站相的，哪裡形象好了？

這是什麼外貌協會班導！

王有福也覺著這理由說出來有點站不住腳，還傷了學生面子，咳兩聲又轉開話題道：「人家不是沈星若隔壁桌嗎，你們兩個算怎麼回事。」

「去去去，陸星延你快點去。」

見陸星延從何思越手裡接過花就往前走，他又拉了拉，「走這邊！你這孩子白長了張臉怎麼腦子不太清醒！」

陸星延：「……」

等陸星延稍稍走遠，王有福才一臉滿意地自顧自說了句，「沈星若、陸星延，這名字還挺配，整整齊齊的。」

李乘帆：「……」

趙朗銘：「……」

去他媽的整整齊齊。

陸星延拿著捧花一路走至臺前。

舞臺和觀眾席相隔一定高度，又沒臺階，有維護秩序的學校幹部過來問他要不要從後臺過去。

「不用。」

陸星延眼神都沒給，直接盯著臺上的沈星若。

深棕色琴身斜斜地架在她的肩膀上，她眸光微低，神情認真。

琴弓隨節奏時進時退，跳躍在琴弦上的手指也時快時慢。

她的手指瘦且修長，指節瑩潤蔥白，每一次跳動都可以說是一幀聽覺與視覺的雙重享受。

陸星延半倚在牆邊，看得入神，好一會兒都沒眨眼。

隔得遠看不太清楚，走近了才發現，她真的很完美。

如果說每個人的人生都會有一些光榮時刻，那沈星若大概是出生就自帶燈光師，站在哪裡哪裡就會亮起來。

尤其是站在舞臺上的時候，連髮絲都透著優雅。

陸星延也見過很多「別人家的小孩」，但不得不承認，大多都沒有沈星若這麼方方面面都優秀到無可挑剔。

而且還這麼漂亮。

對，主要是漂亮。

坐在第一排的都是些長官和大人物，有位音樂教育領域的大拿和一旁的主任誇讚，「劉主任，你們學校學生資質很高啊，臺上這位是藝術生吧，小提琴拉得不錯，形象氣質也真是沒話說。」

劉主任忙謙虛，「主要還是學生自己勤奮好學，我們學校能做的也就是教育引導。」

他頓了頓，又說：「不過這女同學不是藝術生，成績挺不錯的，上次月考還是高二的文組年級第一。」

「那很優秀。」

劉主任笑，「您也知道，我們學校一向是比較開放自由的，也很鼓勵像她這樣，學習之餘也多培養一些興趣愛好。」

其實他一個主任也認不清所有學生，還是剛剛坐另一邊的高二年級組長乘機和他說了一番，剛好就撿著現成的話說了一遍，當然，剛轉學來沒多久的這一部分，被自動抹去了。

陸星延也不知道他們在說什麼，總之往臺下掃一眼，前排長官偶有低聲交談，都是一臉滿意，頻頻點頭。

音樂聲止，演奏結束。

沈星若將琴身從肩上挪下來，又深深地鞠了一躬。

臺下很快傳來震耳欲聾的掌聲，高二男生們很捧場，大聲喊著「女神！女神！」

許承洲他們本來想著是一班的節目，不好太過興奮，只是鼓掌。

可偷偷從後臺溜來看沈星若表演的陳竹，眼睛盯著舞臺，手上卻毫不客氣地擰了許承洲一把，「愣著幹什麼，跟著喊啊！沒吃飯呢！」

許承洲抱著手臂愣了幾秒，這才帶著三班的男生也一起喊。

臺下一時聲勢浩大。

陸星延在沈星若鞠躬的時候單手撐著舞臺地面，輕輕鬆鬆翻了上去，另一隻手還抱著花。

沈星若鞠完躬，剛好看他上來，神色稍怔。

就在沈星若這片刻的怔愣間，陸星延忽地收了眼裡的幾分笑意，快步上前，拉住她的手腕，往她身前一擋，抱花的手也繞過了她纖細的腰肢。

——「砰！」

前後不過一、兩秒，陸星延後腦勺傳來一陣悶痛。

那礦泉水還剩了一半，用了點力氣才扔上臺來，還扔得挺準。

痛倒不是特別痛，就是聲音挺響。

臺下譁然。

大家到處張望著想找扔礦泉水瓶的人。

可那地方本來就是暗處，人家扔完就跑，等順著拋物線望過去的時候，早就空無一人了。

沈星若也沒想到會有這樣的變故，如果剛剛不是陸星延擋在她面前，那礦泉水瓶就朝她臉上砸來了。

受多大傷倒不至於，是扔東西的人存了心讓她丟臉。

短短幾秒間，她腦海裡閃過很多念頭，直到聽見很輕的一聲「嘶——」才回過神。

她稍稍仰頭，與陸星延對視，「你還好吧？」

「……」

「沒事。」

平時籃球也不是白打的。

這不就是反應迅速嗎。

恢復過來，他還順便 Diss 一下沈星若，「妳平時腦子不是轉很快嗎，別人扔礦泉水妳也不動一下，開屏開傻了吧。」

「……」

「雌孔雀不開屏。」

陸星延：「……」

他身上有很淡的青草味道，還有一點點菸味。

不是很重，也還能接受。

沈星若靜默三秒，又說：「你打算什麼時候鬆手，摟摟抱抱像什麼樣子，占我便宜。」

陸星延後知後覺發現，自己的手正搭在她的腰上。

腰可真細。

她該不會還學過舞蹈什麼的吧。

念頭一閃而過，他手上有些燙，正要抽手，忽然想到什麼，他又沒抽，還故意收緊了一下，挑著眉，一臉不正經地調侃，「反正臺下又看不到，占妳便宜又怎樣，有本事妳咬我？」

「……」

「你還要不要臉？」

「花豬要什麼臉？」

他可真是長進了。

好在陸星延還知道見好就收，多占了一下便宜就收了手，然後把花束塞進沈星若懷裡，往臺下走。

沈星若也當什麼事都沒發生過一般，抱著花又鞠了個躬，從從容容地退回了幕後。

這樣的場合，自然不能因為一瓶水鬧起來，主持人也很快走至臺前忙著粉飾太平。

可臺下王有福要氣炸了！

「哪個傢伙扔的？」

「這就是存心給我找不痛快！赤裸裸地嫉妒我們班節目優秀！」

「給我等著，讓我找到這個人我不讓他抄八百遍公民課本我就不姓福！」

李乘帆也氣，但見王有福分分鐘要原地爆炸的模樣，還是先趕著勸他冷靜，「王老師你別生氣，你本來也不姓福……」

王有福瞪過去，李乘帆嚇得和小雞仔般忽地噤聲。

陸星延回來的時候手裡拎著那個礦泉水瓶。

王有福坐在座位上，嘴裡還碎碎念著，語速也比平時快了七、八倍，一副隨時要發起暴動的樣子，看起來一點也不像公民老師。

見陸星延回來，王有福才稍稍正常點，抓著他問：「沈星若沒事吧？」

陸星延：「……」

那礦泉水瓶結結實實砸在他後腦勺上，沈星若能有什麼事？

他心肌梗塞了幾秒，還是回答了。

王有福鬆了口氣，連聲說著「那就好那就好」，說完才想起陸星延，象徵性地問了句，「你也沒事吧？」

陸星延：「王老師，我覺得我腦袋有點暈，可能腦震盪了，要去醫院檢查一下，明天的課您准個假吧。」

王有福盯著他上上下下看了看，說：「沒事，反正震不震的，你腦子也不太好，別花那個冤枉錢了。」

陸星延：「……」

沈星若表演結束時出的意外，讓禮堂內的安保變得更嚴格了，五點半，校慶典禮有驚無險地宣告結束。

結束前還由臺下幾位長官大佬擔任評委，評了幾個獎。

不是什麼正式比賽，就不好說什麼特別正式的一、二、三等獎，反正最好的就是最佳表演，其次有優秀節目，最具特色之類的分豬肉安慰獎。

沈星若表演完就在後臺玩手機，中午只吃了一點點，正是肚子餓的時候，何思越跑到後臺來找她，先是安慰一番，然後又送了一個麵包和一盒牛奶給她。

剛好王有福心思細膩，怕沈星若受到驚嚇還沒恢復，讓陸星延、李乘帆他們幾個去後臺安慰一下沈星若。

幾人剛掀開後臺簾子，就見沈星若從何思越手裡接過麵包、牛奶，說：「謝謝，聽說表演完會頒獎，去年有發獎金，如果拿了獎金，我請你吃飯。」

「好啊，那我就等妳拿個最佳表演了。」

何思越笑，爽快點頭。

李乘帆、趙朗銘一聽這話，連忙往裡鑽，「喲喲喲，那不行啊，見者有份見者有份！」

沈星若邊吃麵包邊看他們，「班長幫我帶了兩次飯，你們呢，我為什麼要請你們吃飯。」

陸星延最後進來，沒什麼表情，沒等李乘帆和趙朗銘接話，就站在一旁潑冷水，「誰知道今年發不發獎金。」

他本來是想說：「妳倒自信，最佳表演只有一個，誰知道妳拿不拿得到。」

可如果說了，他覺得沈星若八成會接一句，「拿不到又怎樣，我還缺一頓飯的錢嗎？」

然後再用她最拿手的高高在上的眼神，從頭到腳打量他一番。

狠毒一點可能會補上一句，「反正又不是請你吃。」

可他的金魚腦子只夠他想到一半，沒想過只要他開口，沈星若就能對他進行無縫攻擊——

「沒獎金又怎樣，我還缺一頓飯的錢嗎？」

沈星若說完，用她最拿手的高高在上的眼神，從頭到腳打量他一番，然後又補了句，「反正又不是請你吃。」

陸星延：「……」

好在這時，同為光明頂教徒的狐朋狗友們終於起到了點作用。

李乘帆：「吃飯延哥還是要去吧，若姐，他送花給妳呢。」

「還幫妳擋了礦泉水瓶。」

趙朗銘跟著接一句。

李乘帆：「我們還在臺下幫妳喝彩了，我們也要去。」

「對，見者有份。」

兩人一唱一和，沈星若麵包都沒吃完，就已經幫她安排得明明白白。

沒一會兒，臺上進行到頒獎環節。

幾人還在聊著，忽然有人過來找沈星若，「沈星若，快點準備一下，妳是最佳表演獎。」

後臺爆發出一陣驚嘆，緊接其後的是一頓吹捧。

「若姐厲害！」

「若姐妳真的是我們一班的半邊天了！」

「妳怎麼什麼都會，妳是吃雲彩長大的吧？不然怎麼和仙女似的。」

「放你媽的狗屁，若姐本來就是仙女！」

沈星若：「……」

李乘帆和趙朗銘還在繼續吹捧，反正覺得只要誇就對了，都誇成這樣了，總不能不帶他們去吃飯吧！

陸星延都聽得快要犯噁心了，一腳踹過去，對兩人努罵道，「閉嘴吧，為了一頓飯，臉都不要了。」

沈星若起身，看了他兩眼，那眼神好像是在說「花豬要什麼臉」。

想起這話，陸星延就不可避免地回想起臺上摟的那把細腰，然後很不合時宜地，結合夢境補充了一點細節。

好在沈星若沒注意他，一心只想著自己的生活救濟糧。

聽說去年的最佳表演有一千塊，請完一頓飯，至少也能剩個五百，那也是很不錯的。

臺上宣布她是最佳表演的得主，她走上台，從長官手裡接過榮譽證書和一個長方體的禮盒。

看到禮盒的時候，沈星若的心已經涼了半截。

她沒表現出來任何異常，只簡短地發表了幾句獲獎感言，又對校慶表達了一番祝賀，然後下臺了。

下了臺，她打開那禮盒。

裡頭躺了一枝名牌鋼筆。

剩下半截也涼了。

正好陸星延湊過來看，沈星若沒等他說話就冷冷道：「花豬腦子烏鴉嘴。」

雖然沒有獎金，但這頓飯還是要請，畢竟是沈星若自己親口說出去的——

「我還缺一頓飯的錢嗎？」

沒錯，她缺。

一想到身為貧民窟少女還要請客，沈星若看陸星延就更加鼻子不是鼻子，眼睛不是眼睛了。

而且還有李乘帆、趙朗銘這兩隻和陸星延同品種的花豬，自己蹭吃蹭喝就算了，還要炫耀。

結果三班的陳竹和許承洲來後臺，聽了這話也嚷嚷著要去吃。

沈星若有一瞬間很想脫口而出——

「你們都是誰？」

「我做錯了什麼？」

「我不認識你們。」

「我沒有錢。」

可沒等她說話，許承洲就特別自來熟地跟她套關係，「美少女，妳是不是沒認出我，我見妳幾次感覺妳都沒什麼反應啊，之前我們在高鐵上見過的。」

見沈星若神情毫無波動，他繼續道：「就是開學前那趟來星城的高鐵，有個男的占了妳的座位，妳用一礦泉水瓶澆了他一個透心涼記不記得？真的特別帥！」

當然記得。

許承洲越說越起勁，「當時那男的要動手我還起身幫妳攔了，我和陸少爺就坐妳後面那排，那瓶水妳就是跟他借的，用完了還給了錢呢，記得吧？」

沈星若：「……」

陸星延竟然都沒提過。

倒是陳竹一聽許承洲說起這個，也有了點印象，「當時下車你一直誇女神的就是沈星若？這麼有緣分！」

「對對對，我現在還記得那件事呢，印象太深刻了！」

沈星若瞥了許承洲一眼，又去看陸星延。

記憶裡，當時是有這麼兩個路人甲，但她已經無法將其與面前這兩張臉對號入座了。

這都不重要，重要的是許承洲都把這種幫她擋架的大恩大德搬出來了，這飯也是不得不吃了。

至於陳竹，女生又能吃多少東西。

想到這，沈星若順便邀請了三個室友和阮雯。

反正沒錢也不止沒這一點半點。

一群人還商量了一下，這頓飯最終約在了週六晚上。

一則放假大家都有時間，二則下週一就會公布期中考試的成績，到時候一半的人怕是都沒心情吃飯了。

校慶過後是週五，要上課。

這上課的一天，陸星延是在沈星若的冷落中度過的。

陸星延本來還有興致跟沈星若講兩句話，可說什麼她嗆什麼，不然就用那種看智障的眼神看著他。

碰了一腦門灰，陸星延識趣地選擇了閉嘴。

雖然陸星延被冷了一天，但其他人週五都還是過得比較輕鬆。

值得一提的是，在王有福強硬要求下，學校效率飛快，在週五下午放學前，查出了校慶典禮上往臺上扔礦泉水瓶的人。

其實學校本來打算只是警示一下，沒想去找人，但王有福拿著礦泉水瓶這個證物，鬧完年級組長辦公室又去鬧校長辦公室。

人家又是教公民的，說話一套一套，高帽子給年級組長和校長嗖嗖嗖地戴了一頂又一頂，儼然有種「你們不去查我就拿著這礦泉水瓶去警察局讓人驗ＤＮＡ」的架勢。

學校長官也是怕了他了，再加上校慶上鬧出這種事情實在是給明禮丟了臉面，於是就組織起人嚴查。

只是這人查出來，實在是讓人感到無言。

這是誰？

余志明？還是二班的？

沈星若完全不認識，更不可能和他有什麼仇了。

別說沈星若不認識，同一年級待了兩年的一班同學絕大多數也不認識。

只有幾個和他高一同班的，對他有些印象，但也都說他高一時存在感就很低，成績還不錯，可不太講話，很孤僻，沒什麼朋友。

余志明在第一時間就被拎去年級組長辦公室問話。

年級組長才半天就被王有福搞得炸毛了，王有福在他辦公室鬧完還去校長那鬧，結果校長跑來找他，還說當時什麼大人物剛好也在辦公室，很欣賞沈星若的表演，讓他務必把這事情查得明明白白，上上下下都要有個交代。

說完了還罵他約束不好手底下的老師，幹不好年級組長這活就趁早別幹了。

年級組長覺得自己比竇娥還冤。

王有福教書多少年的老教師了，他能怎麼約束？

校長自己都不敢說幾句重話，Diss 起他倒是一套又一套的！

年級組長挨了訓還裡外不是人，這時候正憋了好大的火沒處發。

余志明這三棍子下去放不出一個屁的到了辦公室，就被年級組長逮著劈頭蓋臉罵了一通。

等消了一半的氣，年級組長才問他為什麼要扔礦泉水瓶。

他還是一副死豬不怕開水燙的樣子，沉默了好半天都沒出聲。

年級組長也教了這麼多年書了，自然捏得住幾個學生們的命門。

橫問豎問都不肯說，那沒辦法，他直接打了個電話給二班班導師，讓人把余志明家長的聯繫方式傳過來，他要親自打電話給家長，並且把家長請過來。

余志明這才慌了。

年級組長再問幾句。

他很快便鬆了口，垂著腦袋低聲交代，「曾老師老在班上拿一班和我們班比，這次校慶節目我們班沒有選上的，她在班上也說了好幾次，所以我就想讓一班表演的同學丟臉。」

年級組長：「……」

年級組長：「就這樣？」

余志明點點頭。

「這麼點事你就扔人家礦泉水瓶你是怎麼進實驗班的？腦子是不清醒嗎？知不知道那是什麼場合？校慶！臺下那麼多長官，你這一扔把明禮的臉都丟光了！哪個學校校慶自家學生還砸場子的！」

年級組長氣得差點嘔血。

又把二班班導師曾桂玉拎到辦公室罵了個狗血淋頭。

曾桂玉也萬萬沒想到自己還要遭受這種無妄之災，在年級辦公室裡叫冤都叫不出口，因為她還真沒少在班上 Diss 一班。

調查結果傳回一班。

王有福用了大半節課罵二班班導曾桂玉斤斤計較小肚雞腸，然後又用了小半節課引申論證這些教數學的當班導師水準根本不夠！

作為受害者的沈星若和陸星延都很無言。

這個結果，意料之外，聽了倒也沒有感覺特別奇怪。

按理說，一個沉默寡言安靜到沒存在感成績又還不錯的學生應該屬於比較中庸的類型，應該不會為了這種小事就在校慶這種場合扔礦泉水瓶，沒膽，也沒動機。

但沈星若對余志明毫無印象，所以也說不好，事情是不是就是如此簡單且荒謬。

因為很多案件裡，嫌疑人的動機本來就是很離譜的。

余志明的處分來得很快。

最後一節班會課，年級組長就在廣播裡下了處分：記大過。

再往上就只有留校察看和開除了，這個處分還是給得比較重的。

下完處分年級組長還很憤怒地在廣播裡即興演講，反正言下之意就是讓這些班導師不要天天在班上Diss其他班，這又不是後宮，有那個閒心眼皮子淺的爭這爭那，還不如好好關心一下班上的平均分數、關心下自己的獎金。

話都讓年級組長說完了，這節班會課其他老師也就沒再拖堂，放學放得很準時。

陸星延和沈星若照例一起打掃教室。

垃圾不多，打掃完的時候學校裡還有不少人，他們默契地選擇了分開走。

明禮有兩個校門，一個南門，一個東門。

南門是正門，東門只有上學、放學的時候才會打開。

劉叔的車常常停在書香路轉角處，也就是這兩個門的夾角處。

一定要算，東門過去稍微快一點，只是東門出去比較冷清，正對著古玩街的巷陌深處，要穿過一條小巷才能走到大馬路上。

沈星若和陸星延分開走的時候，一般都會走東門，因為她可以順便逛一下古玩街的小店。

古玩她是買不起，但她可以看。

而且這邊也會有一些飲料店和書店。

剛出東門沒走多久，沈星若看了看手機，忽然發現不對。

她抬頭，前頭忽然有一群穿得十分……窮的不良少男、少女朝她走來。

沈星若從小到大養尊處優，讀的學校都是名校，縱然學校裡有那麼幾個不聽話的，但也都是少爺、小姐做派，特別土氣、社會氣息的，沒有。

導致她看到這幫穿著非主流、英文骷髏頭、鏈條、破洞牛仔褲、螢光色球鞋，還挑染著邋裡邋遢顏色的頭髮的男男女女，忽然覺得很有年代感。

——她只在一些古早偶像劇裡見過。

「沈星若是吧。」

一個染著粉色頭髮還抽著菸的皮褲女問她。

沒等沈星若回話，她又繼續道：「楊芳讓我們來教育妳一下，別他媽總想搶別人東西。」

沈星若：「……」

這又是誰。

而此時縮在附近飲料店，緊張地等著看好戲的楊芳突然傻了。

不是說好千萬別提是誰嗎？

怎麼這麼不可靠？

有個男的也想起來了，拉了拉那皮褲女，納悶道：「楊芳不是讓我們千萬別提她的名字嗎？」

皮褲女撣了撣菸灰，一臉莫名，「什麼？不是吧，我記得是讓我們特別提一下啊，我當時還想這姐們也是膽子挺大。」

「是嗎？」

男的也傻了。

「是吧，那反正提都提了，這妹子還能記不住楊芳這名字？」

沈星若：「……」

多虧了他們左一句楊芳右一句楊芳，沈星若總算想起來了。

這位就是當初她月考成績讀卡出錯，去上洗手間時譏諷她的那個二班女生。

石沁還告訴過她，楊芳喜歡何思越，因為她和何思越走得近，所以看她不爽。

之後沈星若也在一樓見過她幾次，每次她都是一副臭臉。

沈星若對那張「全世界都欠她一個何思越」的臭臉還挺有印象的。

皮褲女又發話了，「欸，沈若星。」

男的提醒，「是沈星若。」

「不是他媽的都差不多嗎？」皮褲女煩死他了，推了他一把，又對沈星若說，「就是妳，妳搶完男人還搶表演節目，也是挺綠茶婊的。跪下來認個錯，這事就算了，也不用姐姐動手教妳做人了。」

沈星若很平靜，又用她最拿手的高高在上的眼神，從上到下，很緩慢地打量了這夥人一眼。

皮褲女本來見沈星若長得漂亮心裡就已經很不爽了，這時見到這眼神，也火了，「妳他媽什麼眼神。」

「看垃圾的眼神啊。」

沈星若目光平直，清清冷冷地站那，就很有種跟他們這群垃圾不是同一個檔次的感覺。

「你們腦子清楚的話，現在就向後轉，有多遠滾多遠，這裡是明禮，不是什麼不入流的烏蛋學校可以讓你們這群烏合之眾聚集在一起還挺有優越感地撒野。」

「不過你們就這樣跑到明禮校外堵人我看你們腦子也不是很清醒，隨便聽了就跑過來，你知道在明禮讀書的都是什麼家庭背景嗎？你知道我家幹什麼的嗎？信不信你動我一根手指，我家裡的人讓你們集體陪葬都還算輕的。」

烏合之眾們：「……」

沈星若想起了幾句電視劇臺詞，順便用上了。

法治社會，沈光耀一個畫家恐怕是沒什麼能耐讓他們集體陪葬。

但她說出來，莫名的很有氣勢，對面那夥人也和被洗了腦似的，真的有點信了。

一來明禮有錢人是真的多，有背景的也不少。

像給他們錢的楊芳，一個小高中生出手還挺闊綽。

這沈星若都有能耐搶了她的小提琴表演，說不定背景還真的挺厲害。

再說了，這小姑娘長得和仙女似的，一看就是養尊處優的，萬一得罪了什麼大人物那還真是不得了。

就在這群人已經開始猶豫的時候，楊芳突然跑了出來。

「你們怕什麼，她嚇唬你們的，她家根本就沒有什麼背景！」

「我家裡幹什麼的你們也知道，出了事也有我，你們直接教訓就是了，她還敢找我麻煩？」

楊芳也是破罐子破摔。

沈星若都已經知道是她，如果全身而退去告狀，她就慘了。

可如果在這裡讓沈星若吃頓教訓，嚇破她的膽，再把羞辱她的過程錄下來，她大概就不敢去告狀了。

這群人也是一團牆頭草，不停搖來搖去。

楊芳都放話了，反正不關他們的事，那皮褲女也是看沈星若很不爽，不廢話，上前就想揪住她的衣領，把她踢到跪下。

就在她伸手的瞬間，忽然有男生從她身後控住她的手，朝她腿窩踢了一腳，她沒站穩，噗通一下就跪在了沈星若面前。

沈星若：「……」

陸星延一副很不耐煩的樣子，眉眼間積有淡淡戾氣，還在打電話，「東門這，過來。」

楊芳看到陸星延，腦袋瞬間空白，腿都軟了。

陸星延也懶得管後面那群地痞混混，直接走到楊芳面前，拎住她的衣領，往沈星若面前一提，「道歉。」

楊芳嚇得說不出話，臉色慘白，身體忍不住發抖。

陸星延：「我他媽讓妳道歉，聽到沒。」

「聽……聽到了……」

陸星延之前把人打得半死還把人弄到退學的傳聞明禮沒幾個人不知道，得罪了他是真的沒有好日子過，楊芳這時很有世界末日要來了的感覺。

「沈沈星若……對不起、對不起……」

楊芳實在太崩潰了。

聽說沈星若家裡只是小康，她真的把人怎麼樣了，人家鬧到學校，家裡也總能幫她擺平。

可陸星延不一樣。

一想到自己可能要被退學，剛說了半句話她就開始哭，還越哭越大聲，搞得被堵著要下跪的人是她似的。

陸星延也是納悶了，「妳哭什麼哭，我講文明懂禮貌看在妳穿著明禮校服的分上沒把妳怎樣，妳還委屈上了？」

不能哭。

楊芳怕得要死，還是忽地收住了，眼淚唰唰唰地流，就是不敢哭出聲。

陸星延：「……」

沈星若：「……」

烏合之眾：「……」

見楊芳這樣，這群烏合之眾還是清醒了。

這哥們怕是不好得罪，而且人家電話裡叫人呢，趁著陸星延沒理他們，他們和沒事人似的，腳底抹油跑得跟飛的一樣。

楊芳還在眼淚橫流，見她這瑟瑟發抖的死樣子，今天也是說不出什麼名堂了。

陸星延讓她等著，週一去跟年級組長彙報。

然後就鬆了她的衣領，拉上沈星若離開了。

陸星延面色不大好，一臉「我他媽還沒怎麼發揮都跑什麼跑」的表情。

沈星若也不知道是什麼精怪變的，剛剛還差點被人逼下跪，這時卻淡定得不得了，還不知是誇是貶地說了陸星延一句，「看不出來，我們年級裡的女生這麼怕你。」

陸星延轉頭看她，「妳怎麼這麼會得罪人？」

沈星若：「絕世美貌，總是惹人嫉妒的。」

陸星延：「……」

陸星延：「跟男生保持距離妳懂不懂，要不是妳和何思越走得近，人家怎麼會找人打妳。」

沈星若停下腳步。

陸星延走出一段又回頭看她，「妳幹什麼？走啊。」

「和男生保持距離。」

陸星延徹底沒脾氣了，「我看妳不是絕世美貌，是絕世唱反調。」

隔著兩三公尺的距離，他朝沈星若揚了揚下巴，又問：「對了，妳是會跆拳道還是什麼嗎？」

「不會。」

陸星延：「那妳還那麼剛烈？」

看她剛剛 Diss 那群混混完全沒在怕的。

沈星若往前走，走到他面前停下，好像要告訴他什麼祕密一般，示意他湊近一點。

陸星延看她神神祕祕的，雖然有些懷疑，還是稍稍向前傾了傾身。

沈星若在他耳邊輕聲說：「你不是在嗎？在牆角站了那麼久，我不給你一個英雄救美的機會怎麼行。」

陸星延：「……」

——未完待續——

高寶書版集團
gobooks.com.tw

YH 072
草莓印（01）

作　　者　不止是顆菜
責任編輯　吳培禎
封面設計　陳采瑩
內頁排版　賴姵均
企　　劃　鍾惠鈞

發 行 人　朱凱蕾
出　　版　英屬維京群島商高寶國際有限公司台灣分公司
　　　　　Global Group Holdings, Ltd.
地　　址　台北市內湖區洲子街88號3樓
網　　址　gobooks.com.tw
電　　話　(02) 27992788
電　　郵　readers@gobooks.com.tw（讀者服務部）
傳　　真　出版部(02) 27990909　行銷部 (02) 27993088
郵政劃撥　19394552
戶　　名　英屬維京群島商高寶國際有限公司台灣分公司
發　　行　英屬維京群島商高寶國際有限公司台灣分公司
初　　版　2022年2 月

本著作物《草莓印》，作者：不止是顆菜，由北京晉江原創網絡科技有限公司授權出版。

國家圖書館出版品預行編目(CIP)資料

草莓印 / 不止是顆菜著著. -- 初版. -- 臺北市：英屬維京群島商高寶國際有限公司臺灣分公司, 2022.02
　冊；　公分. --

ISBN 978-986-506-347-4　(第1冊：平裝)
ISBN 978-986-506-348-1　(第2冊：平裝)

857.7　　111000668

GOBOOKS
& SITAK
GROUP ©